ANDREW FORBES
NACHTBLIND

Andrew Forbes

Nachtblind

ROMAN

»Der erotische Roman«
Band 92

Vertrieb:
Edition Combes
im Verlag Frank de la Porte
Frankenstraße 17
D-96328 Küps
Tel. 09264-9766
Fax 09264-9776
www.edition-combes.de

ISBN 3-937914-18-8

I

Ellen Burns begann den Montagmorgen mit einer kühlen Dusche und einem flüchtigen Frühstück. Sie war spät dran heute, und deshalb stand sie mit vollem Mund von ihrem Frühstückstisch auf, schlüpfte kauend in ihren Sommermantel, schnappte sich ihre Arbeitstasche mit den wichtigsten Unterlagen und stürmte zum Lift. Nach zwei Minuten – sie schluckte gerade den letzten Bissen ihres Toastbrotes hinunter – erreichte sie das Parkhaus, wo ihr Toyota stand.

Nach einer Fahrt von fünfzehn Minuten fuhr sie auf den Parkplatz der Alten Nikolaikirche auf Staten Island, wo sie sich als Freiwillige in Diensten der Kirche verdingte. Ellen Burns war eine von den guten Feen, ohne die eine Kirche heute ihre sozialen Aufgaben nicht erfüllen könnte. Sie, die Biologie studieren wollte, wurde gern zur Betreuung gestrauchelter, depressiver oder schlichtweg durchgeknallter Bürger gerufen, die die Kirche um Hilfe baten, weil ihnen die staatlichen Stellen aus welchen Gründen auch immer die Hilfe versagten.

Aus der Betreuung derart verletzter Personen hatte sich innerhalb der Kirchengemeinschaft ein Gesprächskreis entwickelt, der eine inzwischen dreißigjährige Tradition und einen entsprechenden Ruf aufweisen konnte. Der Kirchenrat hatte schnell begriffen, daß in den meisten Fällen das Aussprechen eines Problems beziehungsweise das Finden eines Gesprächspartners, der für die vielen Sorgen ein Ohr hatte, die halbe Lösung war. Als die Erfolge auch von der Öffentlichkeit anerkannt und geschätzt wurden, wurde diese Gesprächsrunde in den Gemeinschaftsräumen von Old Nick zur Institution. Ellen selbst hatte darin als knapp Dreißigjährige einmal Hilfe gesucht, als ihre Ehe in die Brüche gegangen war. Aber das war schon zwölf Jahre her; heute leitete sie selbst diesen Gesprächskreis. Sie tut ihren Dienst hier gern, zumal die Gesprächsthemen in den letzten zwei Jahren immer pikanter wurden. Was sich die Teilnehmer nämlich von der Seele reden wollten, waren zunehmend Probleme mit dem Ehepartner und Eskapaden ins sexuelle Anderswo, die nach vollbrachter Tat am Gewissen rührten oder gar zu Abhängigkeiten führten. Doch manchmal kam es auch viel schlimmer, wenn nämlich gesetzliche Grauzonen betreten wurden oder sexuelle Praktiken die Menschen wie eine Sucht ergriffen hatten.

Ein solcher Gesprächskreis fand auch heute wieder statt. Ellen hatte noch ein wenig Zeit, ihre Haare in Ordnung zu bringen und sich die Teilnehmer noch einmal geistig vor Augen zu führen. Sie blieb vor dem Spiegel stehen, prüfte noch einmal ihr Make-up und strich sich ihre Bluse und den Rock glatt. Sie hatte die geblümte Bluse mit dem verspielten Ausschnitt angezogen, weil es ihr heute einfach in den Sinn gekommen war, möglichst weiblich auszusehen. Ja, einfach nur weiblich. Sie hatte noch nie auf eine gestylte Schönheit, auf Parfüms, die aufdringlich waren oder Schmuck, der zu protzig wirkte, gesetzt. Nein, ihr kam es nur auf die weibliche Ausstrahlung an, und wozu alles andere führte, hatte sie ja genug in diesem Gesprächskreis erfahren. Sie schaute an sich hinunter, und als sie ihre schlanken, aber unrasierten Beine betrachtete, zuckte sie mit den Mundwinkeln. Ein andermal, dachte sie. Die Teilnehmer, alles Menschen wie du und ich, würden ihr diese Nachlässigkeit schon verzeihen.

»Also, wen haben wir denn heute«, murmelte Ellen vor sich hin und blätterte in ihren Aufzeichnungen:

Alice Jones und Daniel Norris, sie schwarz, er weiß. Ihre sechsjährige Beziehung steht vor dem Aus, weil sie noch nie einen Orgasmus hatte und er nur schnörkellosen Sex will. Wie mag der wohl aussehen? fragte sie sich in Gedanken.

Denise Davis! Aber hoppla! Aktive Exhibitionistin, sehr quirlig, aber harmlos. Regelmäßig Ärger mit den Behörden. Hält sich für suchtkrank. Teilnahme auf Anraten der Polizei von Staten Island.

Josh Mason – Beinahevergewaltiger. Auffälliger Spät-Pubertierender, wegen verschiedener Attacken polizeibekannt, überschreitet gern die Grenzen zur Nötigung.

Carol und Peter McGregor, verheiratet. Sie hat panische Angst vor dem Kinderkriegen. Eigentlich hier fehl am Platze. Schwache Nerven, fast hysterisch.

Joyce Fletcher – eine einzige Triebfeder. Lebenslustig, ein wenig verhurt, schreckt vor nichts zurück, wenn es um Sex geht, ausufernd, ist zeitweilig aus purer Lust an der Sache anschaffen gegangen. Verweisung hierher durch das Ordnungsamt.

Eine feine Runde, sagte sich Ellen. Da ist kein einziger Normaler dabei. Wie schon beim letzten Kurs. Alle haben Probleme mit dem Vögeln. Der eine beim Partner, der andere mit seinen Hormonen. Dabei könnte alles so einfach sein.

Als Ellen eintrat, hatten alle schon ihre Plätze eingenommen. »Guten Morgen«, begrüßte sie die Teilnehmer, die alle im Kreis saßen. »Schön, daß wir vollzählig und pünktlich sind.« Sie setzte sich in ihren Sessel. »Nun, wer fängt heute an?«

»Ich«, sagte Carol McGregor. »Mein Mann und ich sind ja erst seit der letzten Gruppenstunde hier – also neu – in dieser Runde. Wir kamen letztes Mal kaum zu Wort.«

»Das tut mir leid, Carol«, erwiderte Ellen. Sie sah Carol an und stellte fest, daß sie sehr nervös und verkrampft war. »Also, dann dürfen Sie jetzt anfangen.«

Nach einem Seufzer begann sie. »Es ist so, Mrs. Burns, mein Mann Peter und ich wollen schon länger ein Baby. Aber ich habe Angst.«

»Angst? Wovor denn?« fragte Ellen vorsichtig und mit ruhiger, entspannter Stimme.

»Vor vielem«, antwortete die mollige Carol. »Und möglicherweise geht es auch nicht gut! Wenn ich nur an meine …« Sie konnte nicht mehr weiterreden, sie begann zu weinen. Ihr Mann gab ihr ein Taschentuch.

Für einen kurzen Moment sagte Ellen nichts; sie fand es richtiger, den Gefühlsausbruch der hysterisch schluchzenden Frau jetzt nicht zu unterbrechen.

»Schauen Sie«, sagte Ellen, nachdem sich Carol wieder einigermaßen beruhigt hatte, »jede schwangere Frau wird doch von Anfang an ständig ärztlich betreut. Es werden regelmäßige Ultraschalluntersuchungen gemacht, die Herztöne des Babys werden abgehört, es wird eine Reihe von Blutuntersuchungen durchgeführt, um jedes Risiko auszuschließen, und es wird sorgfältig auf die Gesundheit der Mutter geachtet. Ich selbst habe eine Tochter – Sarah heißt sie –, und glauben Sie mir, Carol, die Zeit der Schwangerschaft war die schönste Zeit meines Lebens.«

»Mrs. Burns, Carols Schwester erlebte eine schwere Geburt, wobei das Baby starb«, unterbrach Peter McGregor sie und legte seinen Arm sanft um seine Frau.

»Oh, das tut mir leid«, sagte Ellen betroffen. »Jetzt verstehe ich Ihre Angst, Carol. Doch leider muß ich zugeben, daß ich im Moment mit so einem Problem überfordert bin. Ich werde zu Hause mal in meinen Büchern nachschlagen. Okay?« Sie blickte kurz in die Runde. »Kann jemand Carol helfen?«

Aber auf diese Frage schüttelten die übrigen Teilnehmer nur die Köpfe. Kurz darauf herrschte eine bedrückende Stille. Niemand sagte etwas.

Die schlanke und noch ziemlich junge Denise Davis räusperte sich. »Ich unterbreche dieses Thema nur sehr ungern, aber gestern …«

»Sorry, Denise ...«, fuhr Ellen etwas ungehalten dazwischen, »ich möchte Carol noch fragen, ob sie noch etwas zu ihrem Thema sagen will, bevor wir mit Ihnen fortfahren.«

»Nein, nein, ist schon in Ordnung«, meinte Carol.

»Wirklich?« fragte Ellen nach.

Carol nickte hastig.

»Gut, Denise, dann können Sie fortfahren.«

Denise Davis setzte sich in ihrem Sessel zurecht. »Ich habe ja bei der letzten Sitzung schon erzählt, daß ich mich in der Öffentlichkeit gern nackt zeige«, begann sie und genoß die sensationslüsternen Blicke der Anwesenden. »Ja, es macht mir einen Höllenspaß, mich splitternackt unter die Leute zu mischen. Natürlich weiß ich, daß ich da zu weit gehe, aber ich bin halt eine lupenreine Exhibitionistin.«

»Okay, Denise, das haben Sie uns alles letztes Mal schon erzählt«, warf Ellen dazwischen. »Doch Sie wollten von Ihrem Erlebnis *gestern* berichten.«

»Ja, natürlich. Tut mir leid, aber ich rede gern ein bißchen zuviel. Also, um es kurz zu machen: Ich zog mich gestern vor dem McDonald's-Restaurant aus ...« Hier machte Denise eine kunstvolle Pause, bevor sie fortfuhr: »Dann ging ich rein und bestellte, so nackt wie ich war, einen Hamburger und eine Cola, setzte ich mich an einen der mittleren Tische und begann ganz gemütlich zu speisen. Na, da hätten Sie mal die Stielaugen der Männer sehen sollen! Und erst die vielen Mamis, die ihren Sprößlingen die Augen zugehalten haben!«

»Wie, Sie gingen splitternackt in ein Restaurant und haben sich an einen Tisch gesetzt«, platzte Carol so heftig dazwischen, daß jeder in der Gruppe merkte, daß sie ihr eigenes Problem recht schnell vergessen hatte.

»Na, so wie ich es gesagt habe«, erwiderte Denise lächelnd.

»Und das inmitten von allen Leuten?« wollte es Carol noch einmal ganz genau wissen.

»Ja. Aber kaum war ich mit meinem Hamburger und meiner Cola fertig, tauchten schon zwei Polizisten auf. Sie wickelten mich eine grauslig pieksende Wolldecke und brachten mich aufs Revier, wo ich dann eine Fünfzig-Dollar-Geldstrafe bezahlen mußte.« Mit einem triumphierenden Blick in die Runde beendete Denise ihre Geschichte.

Ellen, die schweigend zugehört hatte, musterte sie von Kopf bis Fuß. Dieses kleine Luder hatte unter ihrem dünnen T-Shirt und ihren knappen Shorts nicht einmal Unterwäsche an! Keinen Büstenhalter, keinen Slip, nichts. Und wie steif ihre Brustwarzen beim Erzählen geworden waren! Die dicken Knospen stemmten sich gegen ihr T-Shirt und drohten es zu durchstechen. Dieser Anblick schien auch die männlichen Teilnehmer der Gesprächsrunde zu begeistern. Vor allem Josh Mason, der in der Vergangenheit immer wieder Frauen belästigt hatte, war anzusehen, wie angetan er war von den übermäßig spitzen Nippeln. Himmeldonnerwetter! Gerade er war ja hier, um sich unter Gewalt zu bekommen, damit er eben nicht mehr von optischen Reizen wie diesen unbändigen Türmchen gefangen genommen würde.

»Würden Sie auch gerne hier in dieser Runde nackt sein, Denise?« fragte Carol unbedarft dazwischen.

»Na klar«, kicherte die junge Frau. »Erlauben Sie mir, daß ich mich ausziehe, Mrs. Burns?«

»Nein, Denise, das wäre sehr dumm von Ihnen, vor allem in Gegenwart von Mr. Mason wäre dies rücksichtslos«, sagte Ellen ruhig und überlegt.

»Na gut, dann eben nicht«, schmollte Denise.

»Wieviel müssen Sie denn in der Woche an Geldstrafen bezahlen?« kam die nächste dumme Frage – natürlich wieder von Carol.

»Ich hatte es schon einmal auf zweihundertfünfzig Dollar gebracht.«

»Das ist aber ein Haufen Zeug.« Carol pfiff durch die Zähne.

»Ich weiß, das ist ein teures Hobby«, nahm Denis den Faden auf und holte schon Luft für die nächste Story.

»Genau«, schaltete Ellen sich jetzt ein. »Und deswegen sind Sie ja hier, um diesem Hobby, wie Sie es so schön nennen, ein Ende zu machen. Sie handeln sich ja mit der Zurschaustellung Ihres Körpers mit Sicherheit nur Unannehmlichkeiten ein. Außerdem hat diese Art von Nacktheit etwas Flittchenhaftes an sich, das gar nicht zu Ihnen paßt. Dies macht zwar die Männer blitzschnell an, aber glauben Sie mir, das gelingt Ihnen angezogen noch viel schneller. Nackt könnte es zu allem Übel auch noch gefährlich werden. Deshalb müssen Sie schnellstens damit aufhören.«

»Aber wie denn?« fragte Denise ganz treuherzig lächelnd.

Diese Frage war berechtigt, aber ihr Lächeln hinterließ bei Ellen einen anderen Eindruck. Entweder hatte sie immer noch nichts begriffen, dann wäre sie nicht die Hellste, und eine Therapie wäre ungemein schwierig, oder aber sie hatte immer noch richtigen Spaß daran, deshalb fragte sie sie direkt: »Sind Sie sich eigentlich der Tatsache bewußt, daß Sie im Extremfall unter den Exhibitionisten sind, Denise?«

Das Lächeln der jungen Frau erstarb jäh. »Ja sicher, sonst wäre ich nicht hierher gekommen, um damit aufzuhören.«

»Nun, sehen Sie das Ausziehen in der Öffentlichkeit als ... eine Sucht an?« wollte Ellen nun von ihr wissen.

»In gewisser Weise ja.«

»Und wie wollen Sie sie bekämpfen?«

»Ich könnte vielleicht eine Entziehungskur machen.«

Ellen wußte daraufhin nicht, ob Denise einen Witz gemacht hatte oder wirklich so naiv war.

»Denise, ich kenne keine Entziehungskur für Exhibitionisten«, sagte sie ganz sachlich. »Nein, ich denke, daß es richtig war, daß Sie sich zunächst einmal für diesen Gesprächskreis entschieden haben.«

Ellen überlegte kurz. Der richtige Weg wäre vielleicht, Denise dazu zu bringen, ihren Exhibitionismus kontrolliert zu praktizieren. »Haben Sie schon einmal daran gedacht, in einen Nudisten- oder sogar in einen Swingerclub zu gehen?«

»Nein«, reagierte Denise positiv überrascht.

»Ich denke, das wäre für den Anfang das Beste«, sagte Ellen. »Sie können dort nackt essen, nackt spazieren gehen, nackt schwimmen und was weiß ich noch alles tun, und das ganz ohne Probleme mit der Öffentlichkeit. Natürlich wird es für Sie nicht dasselbe sein, aber immerhin können Sie es ganz legal tun. Und zudem verschonen Sie die Gesellschaft ... und auch sich selber.«

»War das jetzt eine Beleidigung gewesen?« fragte Denise und runzelte die Stirn. »Sie wollten doch damit sagen, daß die Gesellschaft von einer solchen psychisch gestörten, sexhungrigen Frau wie mir verschont werden müsse.« Ihr Gesichtsausdruck wurde bedrohlich wie ein aufziehendes Unwetter.

Nun wurden auch Ellens Nerven angespannt.

»Nein, Denise, Sie haben mich falsch verstanden. Was ich sagen wollte, ist, daß ich Sie vor den öffentlichen Problemen verschonen will. Damit meine ich die schockierten Leute, die empört die Polizei anrufen, wenn sie Sie nackt herumtollen sehen. Und natürlich möchte ich Sie selber vor Gefahren verschonen wie zum Beispiel Männern, die Ihr Verhalten falsch interpretieren könnten. Sie haben mir ja selbst erzählt, daß man Sie schon zweimal fast vergewaltigt hätte. Verstehen Sie mich jetzt?«

»Ja«, antwortete Denise, die doch tatsächlich feuchte Augen bekommen hatte. Es dauerte nicht lange, da rollte auch schon eine erste Träne ihre Wange hinunter, und Denise war bemüht, sie mit dem Handrücken schnell abzuwischen.

Ellen war gar nicht wohl dabei. Offensichtlich hatte sie Denise doch verletzt. So etwas durfte auf keinen Fall wieder vorkommen, auch wenn die junge Frau vielleicht ein bißchen überempfindlich reagiert hatte.

»Möchte jemand etwas zu Denises Problem sagen?« fragte Ellen sichtlich betroffen.

Peinliche Stille trat ein.

»Wenn niemand etwas sagt, dann möchte ich von meinem Problem erzählen«, begann Alice Jones, eine Afroamerikanerin mit großer Oberweite, sportlicher Figur und ziemlich hochgewachsen. »Na ja, es ist so, ich bin nun zweiunddreißig Jahre alt, habe in meinem Leben schon reichlich Sex gehabt, aber noch nie einen richtigen Orgasmus bekommen. Auch nicht mit meinem Freund Daniel, und wir sind schon ewig lange zusammen.«

Ellen horchte auf. »Wenn Sie in Ihrem Leben schon viel Sex gehabt, aber noch nie einen Orgasmus bekommen haben, so haben Sie mit ziemlicher Sicherheit etwas falsch gemacht. Doch wenn ich Ihnen helfen soll, müßten Sie uns noch etwas mehr von sich erzählen, Alice.«

»Ach, ich weiß ja nicht einmal, ob es an mir liegt oder an den Männern. Was soll ich Ihnen da erzählen?« sagte Alice mit sichtlicher Verzweiflung in der Stimme und legte ihre linke Hand auf den Oberschenkel ihres Freundes.

»Wissen Sie, Alice, ich möchte gar nicht soweit gehen, zu erwähnen, wie viele Frauen, egal wie alt oder jung sie sind, sich beklagen, daß sie in ihrem Leben noch keinen Orgasmus gehabt haben. Ich kann Ihnen nur sagen, daß es ungewöhnlich viele sind«, verriet Ellen und schaute dabei die schwarze Schönheit und ihren weißen Freund Daniel verständnisvoll an.

»Möchten Sie uns jetzt bitte schildern, wie Sie beide zusammen Sex haben?«

Alice blickte kurz zu Daniel, um mit diesem Blick zu fragen, ob sie davon erzählen dürfe. Daniel nickte zustimmend, und Alice begann zu reden: »Nun, wir ziehen uns aus, schmusen ein bißchen, dann steckt Daniel mir seinen Schwanz in den Mund, damit ich ihn hochblase … na ja, und dann ficken wir.«

Ellen hätte fast ein wenig geschmunzelt. »Tja, wenn das so ist, wie Sie es sagen, dann ist ziemlich klar, warum Sie noch nie einen Orgasmus bekommen haben.« Sie überlegte einen Moment und fragte anschließend: »Wie war der Sex, bevor Sie Daniel kennenlernten?«

Mit dieser Frage schien sie Alice ziemlich getroffen zu haben. Über ihren Sex von damals zu reden, stand wohl nicht auf ihrem Plan.

Alice druckste ein wenig herum, bevor sie antwortete. »Okay, ich sag's Ihnen: Früher war der Sex besser. Leidenschaftliche, heiße Ficks in irgendwelchen Lotterbetten oder gierig wilde Quickies in irgendeiner Toreinfahrt. – Aber gekommen bin ich trotzdem nicht!« fügte sie noch trotzig hinzu.

Na, da hatte Ellen aber in ein Wespennest gestochen! Sie ließ sich nichts anmerken, straffte den Rükken und sagte: »Fangen Sie doch einfach einmal damit an, Ihr Vorspiel zu intensivieren, etwa mit Küssen und liebevollem Streicheln. Dabei sollten Sie beide erregt werden, so erregt, daß Sie nach mehr verlangen. Jetzt erst ziehen Sie sich gegenseitig aus, und dann sollte der Mann jeden Zentimeter Haut der Frau küssen, denn das stimuliert sie besonders. Vor allem muß er ihre Scham und ihre Klitoris mit seiner Zunge verwöhnen.«

»Wie bitte, ich soll ihre Möse lecken?« platzte Alices Freund Daniel laut dazwischen.

»Warum empören Sie sich? Wäre das so schlimm? Und außerdem leckt und lutscht Alice ja auch Ihren Penis. Oder habe ich da vorhin etwas mißverstanden? Was hält Sie denn davon ab, es zu tun?«

»Aber ihre Möse hat so viele drahtige schwarze Haare.«

Keiner der Anwesenden konnte sich ein Grinsen verkneifen, auch Ellen nicht, die wieder das Wort ergriff. »Nun, ich nehme an, daß es Ihrer Freundin ein Vergnügen sein wird, sich die Möse zu rasieren. Nicht wahr, Alice?« Die Schwarze nickte zustimmend. Und an den jungen Mann gewandt fuhr Ellen fort: »Eines kann ich Ihnen versichern: Wenn die Scham Ihrer Freunding erst einmal blank und unschuldig vor Ihnen liegt und der betörende Geruch ihres Geschlechts in Ihre Nase steigt, werden Sie sie lecken wie ein junger Gott – und das ist dann auch schon der halbe Weg zum Orgasmus.«

»Ich hätte mir denken können, daß ich mich zum Affen mache, wenn ich mit Alice und *ihrem Problem* zu so einem Laberkreis gehe.«

»Hören Sie, Mr. ...«

»Daniel«, ergänzte Daniel genervt.

»Gut, Daniel, Sie machen sich hier keineswegs zum Affen.«

»Und warum grinsen dann alle hier so blöde?« fragte er aufgeregt.

Daniel hatte recht, die ganze Situation war von einer Portion Humor und Schadenfreude geprägt, gerade deshalb mußte Ellen schnell einen Weg finden, wie sie wieder zu einem ernsthaften Gespräch kommen würde.

»Na ja, ehrlich gesagt, das Verwöhnen mit der Zunge ist heute eine durchaus gebräuchliche Praxis. Sie sollten ihr nicht abgeneigt gegenüberstehen. Ich möchte sogar soweit gehen zu behaupten, daß es für beide Partner leichter ist, mit der Zunge zum Orgasmus zu kommen als über normalen Vaginalverkehr, wobei ich hier Orgasmusprobleme beim Mann mit einbeziehen möchte.«

»Also gut, Mrs. Burns, ich werde es ausprobieren und zuerst die Möse von Alice lecken, bevor ich ihr mein Ding reinschiebe.«

»Gut so, Daniel. Ich sehe, Sie sind auf dem richtigen Weg, das freut mich«, lobte Ellen ihn.

»Darf ich auch etwas dazu sagen?« meldete sich Joyce Fletcher zu Wort. Sie war die schrillste Erscheinung dieser Gesprächsrunde, über einen Meter siebzig groß, sehr schlank, kleine Titten, dafür um so längere Beine. Sie hatte langes blondes Haar, das sie offen trug. Ihr Make-up bewegte sich dicht unter der Grenze des Erträglichen, und irgend etwas an ihr wirkte immer zu dick aufgetragen. Je nachdem, wo sie saß und wie das Licht auf ihr an sich hübsches Gesicht fiel, erschienen entweder die Lippen überzogen geschminkt, oder es waren die Wangen, die wie zwei rötliche Kugeln leuchteten, oder die intensiven Lidschatten.

»Bitte, Joyce.«

»Also, ich bin ja noch nicht so alt, daß ich anderen Ratschläge geben könnte, aber ich kann aus Erfahrung eines bestätigen: Viele, mit denen ich im Bett war, konnten nicht ficken, weil sie entweder keinen hochgekriegt haben oder zu aufgeregt waren oder sonst etwas. Aber geleckt haben sie alle, und mancher ging mit seiner Zunge so virtuos um wie ein Geiger mit seiner Violine.«

»Haben Sie vom Lecken immer einen Orgasmus bekommen?« wollte Ellen wissen.

»Einen? Ich gehe jedesmal ab wie eine Rakete. Kein Ficken ohne Lecken. Das eine bedingt das andere«, ergänzte Joyce.

»Wenn Sie so glücklich sind beim Ficken, warum sind Sie dann eigentlich hier?« fragte Daniel.

»Ich bin hier, weil ich mit meinem Sex ein bißchen überzogen habe. Mir haben einfach die paar Freunde, die ich habe, nicht gereicht. Also habe ich mir jemanden von der Straße geholt, der mich auf die Schnelle durchgezogen hat. Hier mal ein Fick im Auto, dort einer im Hausflur. Dann habe ich meinen Job verloren, weil ich während der Dienstzeit mit dem Sohn vom Chef gevögelt habe. Von diesem Zeitpunkt an habe ich dann meine Ficker gebeten, etwas zu meinem Lebensunterhalt beizusteuern. Andere nennen das Prostitution. Ich halte die Bezeichnung aber für falsch, weil bei mir das Vögeln im Vordergrund steht. Eines Tages habe ich es mit einem jungen Bengel getrieben, der gerade auf dem Weg von der Schule nach Hause war, und dieser Idiot hat es seiner Mutter erzählt. Prompt kam eine Verwarnung von den Behörden, unter anderem, weil ich kein Kondom benutzt hatte. Und um heil aus der Sache herauszukommen, habe ich guten Willen gezeigt und mich freiwillig diesem Gesprächskreis angeschlossen, der mich von meiner übermäßigen Freude am Sex befreien soll. Aber das weiß Mrs. Burns ja schon alles. Und ihr jetzt auch.« Joyce kicherte.

Alle hatten mit großen Augen zugehört und erwarteten jetzt natürlich so etwas wie einen Lösungsvorschlag von Ellen. Doch die rief nach einem kurzen Blick auf ihre Armbanduhr: »Oh, schon zwanzig nach neun! Da haben wir doch glatt überzogen! Hat jemand noch etwas Wichtiges vorzutragen? Nein? Sie auch nicht Josh?« Sie wandte sich zu Josh Mason, der heute überhaupt nicht zu Wort gekommen war. Er schüttelte aber nur den Kopf.

Ellen tat es ein wenig leid, die Gespräche so abrupt unterbrochen zu haben. »Okay, dann bis zum Mittwoch. Ich werde mir dann auch wesentlich mehr Zeit nehmen können. Heute geht es leider nicht, ich habe noch einen dringenden Zahnarzttermin.«

Jeder hatte Verständnis, und Ellen verabschiedete sich mit einem kurzen Gruß.

II

Ellen hatte den Zahnarztbesuch Gott sei Dank hinter sich gebracht, saß gerade in ihrem kleinen Arbeitszimmer und ordnete ein paar Unterlagen, als das Handy klingelte. Es war ihr von der Kirchengemeinde zur Verfügung gestellt worden, falls irgend jemand aus ihrem Gesprächskreis dringend Hilfe brauchen sollte.

»Hallo, hier Ellen Burns«, meldete sie sich.

»Hallo, Mrs. Burns! Darf ich Ihnen sagen, wie sehr ich Sie bewundere«, sagte eine männliche, aber offensichtlich verstellte Stimme. Sie klang blechern, technisch, als würde jemand in eine widerhallende Metallmuschel sprechen.

»Na, das freut mich aber, wenn Sie mich bewundern«, tat Ellen ein bißchen überlegen und fügte gleich hinzu: »Und mit wem habe ich bitte das Vergnügen?«

»Wollen Sie das wirklich wissen?«

Es folgte ein dezentes, aber eindeutiges Stöhnen, das Ellen nun doch ein wenig nervös werden ließ.

Der Anrufer schien aber keine Antwort zu erwarten. Im gedämpften Ton redete er weiter: »Mrs. Burns, ich muß sagen, Sie sind wirklich eine sehr schöne Frau. Der Ausschnitt Ihrer Bluse zeigt viel von Ihren schönen, großen Brüsten, und Ihre eleganten, unrasierten Beine finde ich sehr natürlich und geradezu faszinierend. Und daß Sie Sandaletten an Ihren nackten Füßen tragen, das ist auch okay. Es paßt zu Ihrem sexy Auftritt ...«

Wieder war ein eindeutiges Stöhnen am anderen Ende der Leitung zu hören.

»Onanieren Sie etwa, Mister?« fragte Ellen leicht angewidert.

Daraufhin war es für einen Moment still.

»Nein, so einer bin ich nicht. Wie kommen Sie denn darauf?«

»Nun, ich hatte das Gefühl, ein Stöhnen oder zumindest ein schweres Atmen zu hören.«

»Da müssen Sie sich getäuscht haben, Mrs. Burns. Nein, ich wollte Ihnen eigentlich nur ein Angebot machen.«

»So? Na, dann lassen Sie mal hören.«

»Ich möchte eine so schöne Frau wie Sie gerne einmal von Kopf bis Fuß verwöhnen. Wir sollten uns morgen abend um zehn bei mir treffen, und dann ...«

Weiter ließ Ellen den unbekannten Anrufer nicht kommen. Sie unterbrach das Gespräch und legte auf. Es war nicht zu fassen, was für perverse Typen auf Gottes Erdboden herumliefen!

Doch der Anrufer wollte ihr nicht aus dem Kopf gehen. Sollte das jemand aus ihrem früheren Bekanntenkreis gewesen sein? Oder gar jemand aus dem laufenden Gesprächskreis? Oder doch nur einer, der sich einen Scherz erlaubte und zufällig ihre Nummer gewählt hatte? Nein, woher sollte er wissen, daß sie große Brüste und unrasierte Beine hatte?

Natürlich wäre es unter Umständen ganz wichtig, so folgerte sie, wenn sie so schnell wie möglich wüßte, wer hinter dieser Aktion stände. Dann könnte man eine Eskalation verhindern und sich mit einem einzigen Gespräch vielleicht einen lang andauernden Psychoterror am Telefon ersparen. Aus Erfahrung wußte sie, daß solche telefonischen Avancen häufig aus einem künstlich angehäuften Übermaß an Mut zustande kommen, der so gar nicht zum Typ des Ausführenden, im Regelfall einer charakterlich schwachen Person, paßt. Das wäre dann die Gelegenheit, die Sache mit einem Handstreich zu beenden.

Soweit ihre taktische Überlegung. Aber da gab es auch noch eine andere. Ellen ertappte sich nämlich dabei, wie sie nicht nur vom Inhalt des Telefonats empört wurde, sondern von einem gewissen Charme in der Stimme und dem Tonfall des Anrufers angetan war. Ja, bei aller Aufgebrachtheit, so stellte sie fest, hatte der Anrufer eine gewisse Faszination auf sie ausgeübt.

Bei diesen Gedanken holte sie plötzlich ihre eigene Vergangenheit ein. Wie war das doch damals, als ihr Mann sie vom College weg geheiratet hatte? erinnerte sie sich. Sie hatte gerade angefangen, Biologie zu studieren, als ihr Rick begegnete und sie Hals über Kopf von der Universität wegholte. Er war ein klasse Typ: cool, immer locker drauf, aus bestem Hause und in guter Position. Er arbeitete als Ingenieur bei einer Firma, die auf den Bau großer Brücken spezialisiert war und brachte jeden Monat einen schönen Batzen Geld heim. Ihre Ehe war das Himmelreich. Nach zwei Jahren bekam Ellen ein Kind, und mit diesem Kind kam paradoxerweise die Einsamkeit, denn Rick war von da an nur noch unterwegs, um weltweit Großprojekte zu überwachen.

Die Tage waren langweilig, bis eines Tages ihre alte Freundin Jessica anrief und sie um Hilfe bat. Jessy hatte aus finanziellen Gründen ihr Studium abbrechen müssen und eine Begleitagentur aufgemacht, die prächtig lief. Jetzt müsse sie für zwei Wochen ins Krankenhaus, erklärte sie, um sich einer kleinen Operation zu unterziehen, sie wolle aber ihre Stammauftraggeber nicht hängen lassen und frage deshalb nach, ob Ellen sie vertreten könne.

Es gab nichts, was sie für Jessy nicht getan hätte. Sie ließ sich einweisen, besorgte sich einen Babysitter und machte Jessys Job. Anfangs waren es wirklich nur diese Begleitdienste. Firmen hatten Geschäftsbesucher, die bis in die Nacht unterhalten werden wollten. Doch manche dieser Besucher hatten gar keine Lust auszugehen; ihnen kam es nur auf die Bekanntschaft an. Ellen fand es zunehmend interessanter, zu einem Date bestellt zu werden, ohne zu wissen, auf wen man trifft und wie sich dieser Jemand verhält. Sie fand damals, daß die Sache einen unheimlichen Kitzel verursachte, vor allem auch deswegen, weil es sich bei den Firmenbesuchern wirklich ausnahmslos um begehrenswerte Männer handelte. Die Sache begann Spaß zu machen, und sie wollte nicht aufhören, obwohl Jessy wieder fit war und übernommen hatte.

So machte sie auf eigene Faust weiter. Sie schaltete Anzeigen, in denen sie niveauvolle, ungewöhnliche Männer suchte, die in der Lage wären, einer hungrigen Frau das Besondere zu bieten. Sie bekam – wen wundert's? – unzählige Anrufe. Sie sortierte und entschied sich für dieses und jenes Blind Date. Was sie später herausfand, war die Tatsache, daß sie weder das erotische Abenteuer noch sonst etwas an diesen Dates interessierte. Was sie suchte, war der Kick des Unbekannten, des absolut Anonymen. Sie wußte, sie ließ sich da mit jemandem ein, den sie nicht kannte, von dessen Vorlieben und Praktiken sie nicht die geringste Ahnung hatte, von dem sie folglich auch nicht wußte, wie gefährlich oder ungefährlich das ganze Unterfangen letztendlich sein würde.

Ja, dieser Kick hatte es ihr angetan. Sie konnte fortan an nichts anderes mehr denken; sie arbeitete den ganzen Tag nur auf den Abend hin, wollte sich nur noch in dieses Abenteuer stürzen, das da Ungewißheit, Unsicherheit und auch Unkeuschheit hieß. Es prickelte jedesmal in ihr, wenn sie ein Date machte. Es wäre ein Frevel zu leugnen, daß sie auch sexuell immer mehr erwartete. Natürlich gab es den einen oder anderen, der es nur auf eine zwischenmenschliche Annäherung, verbunden mit einem schönen Abend, absah, aber die meistens benutzten sie als das, was sie für sie, ohne es je auszusprechen, war: eine Edelnutte, die aus Spaß an der Freude Hausbesuche machte. Und die hungrig danach war, was der Angesprochene auch im Bett wohl alles drauf haben würde.

Der Zufall wollte es, daß sie an einen alten Schulfreund ihres Mannes geriet. Die Sache flog auf, und ihr Mann hatte sich schneller von ihr getrennt, als sie es sich je hätte vorstellen können. Der Verlust von Mann und vor allem Kind traf sie sehr, liebte sie doch Rick nach wie vor. Und was ihre kleine Tochter Sarah anging, so konnte Ellen die Trennung kaum überwinden. Sie versuchte bei Gericht, wenigstens eine Besuchszeit herauszuholen, aber der Richter würdigte ihre Verfehlung ziemlich konsequent. Eine Frau, die einen Babysitter einstelle, damit sie Zeit habe, zu anderen Männern ins Bett zu steigen, argumentierte er, sollte gar nicht erst das Sorgerecht oder Erziehungsansprüche geltend machen. Da spiele es für das Kind, und nur um das ginge es, keine Rolle, ob die Eltern geschieden waren oder nur getrennt lebten.

In ihrer Verzweiflung begann Ellen zu trinken und sich in ihren vier Wänden zu verkriechen. Doch sie wurde mit ihrem Schicksal nicht fertig. Das Gewissen plagte sie, und eines Tages suchte sie in ihrer Verzweiflung Pater Ambrose Flick auf. Sie redete sich im Beichtstuhl ihre Schuld von der Seele. Der Pater brachte es nicht übers Herz, den gefallenen Engel einfach wieder nach Hause zu schicken. Er könne ihr die Schuld nicht abnehmen, erklärte er ihr, aber bei ihm hätte sie die Gelegenheit, durch Dienst an den Menschen ihren inneren Frieden wieder herzustellen. So fand sie unter dem Dach von Old Nick den Beistand, den sie zum Überleben brauchte. Nach nur zwei Jahren allgemeiner Dienste in diesem würdigen Hause übernahm sie die Führung der Gesprächskreise.

Ellen wußte genau, daß es nicht mehr lange dauern würde, bis das Telefon erneut klingeln würde. Der Anrufer würde, das verlangte schon die Logik, der solche Aktionen unterworfen sind, einen zweiten Versuch starten und vielleicht sogar eine Drohung aussprechen. Sie mußte sich also gedanklich darauf einstellen. Und dann war plötzlich der Punkt da, wo sie sich entscheiden mußte. Schwarz oder Weiß – dazwischen gab es nichts. Sie mußte auf den Typen eingehen oder ihm die kalte Schulter zeigen. Beide Varianten bargen Risiken.

Ellen schaute ungeduldig auf die Uhr, und als sie zu ihrem Wasserglas griff, um ihren trockenen Mund zu benetzen, läutete es. Mit einem kurzen »Ja« meldete sie sich.

»Es zeugt nicht von viel Anstand, einfach so aufzulegen«, warf ihr der Unbekannte vor. »Sie sind ein unanständiges Mädchen, Mrs. Burns.«

»Ich bekomme solche Anrufe nicht jeden Tag. Normalerweise weiß ich, mit wem ich spreche.«

»Sie werden es noch früh genug erfahren, falls Sie es jemals wissen wollen. Was ist nun, Mrs. Burns, sind Sie einverstanden?«

Und dann war sie plötzlich wieder da, die Erinnerung an diesen Kick, der in Sekundenschnelle ihr Gehirn vernebelte. Der vor ihren Augen all die denkwürdigen, guten Erlebnisse mit fremden Männern wie in einem Film ablaufen ließ, der wie aus dem

Nichts in ihr die Hoffnung aufsteigen ließ, daß ihr vielleicht mit einem solchen Date die Flucht aus dem biederen, ereignislosen, sexfreien Umfeld der Kirchengemeinde von Old Nick gelingen könnte. Und sofort suggerierte sie sich ein, daß sie ja sofort wieder aussteigen könne, daß es den Versuch doch wert wäre, und überhaupt, was kann man schon dabei verlieren? Sie war ja bisher noch nie an gewalttätige Männer geraten.

»Na gut, sagen Sie wo, dann treffen wir uns dort«, sagte sie entschlossen.

»Sie kennen die Unterführung nach Glendale? Etwa zwanzig Me…«

»Nein, kenne ich nicht!« warf Ellen dazwischen.

»Sie werden schon wieder unartig, Mrs. Burns«, belferte der Unbekannte. »Fahren Sie nicht jeden Tag dort entlang?«

»Oh, Entschuldigung – ja, ja doch. Ich hatte nur eben etwas verwechselt«, sagte sie kleinlaut.

»Entschuldigung – das klingt gut! Also: Etwa zwanzig Meter dahinter biegen Sie rechts ab und fahren auf das alte Fabrikgebäude der Croswellwerke zu. Am Fabriktor fahren Sie links, dann sehen Sie nach vierzig Metern ein einzelnes Haus mit einer Backsteinfassade. Dort kommen Sie hin. Pünktlich um zehn. Bitte wiederholen Sie!«

Ellen wiederholte die Angaben, und sobald sie aufgelegt hatte, ging sie in Gedanken ihre früheren Bekanntschaften durch, aber sie konnte sich nicht erinnern, mit jemanden zu tun gehabt zu haben, der in einer solch trostlosen Gegend wohnte.

»Ein Blind Date in so einer Gegend!« murmelte sie vor sich hin, »so etwas kommt einem Selbstmord gleich. Da wagt sich ja nicht einmal die Polizei hin. Ellen Burns, du bist wahnsinnig!«

Sie goß sich einen doppelten Wodka ein und versuchte, ihren Kopf anzustrengen. Wer könnte dieser Unbekannte nur sein, fragte sie sich immer wieder. War es doch einer aus dem Gesprächskreis? Womöglich dieser Josh Mason, der drei Frauen zu vergewaltigen versucht haben soll und die Teilnahme an der Gruppentherapie als Bewährungsauflage hatte und nun sie als neues Opfer ausgesucht hatte? Oder Daniel Norris, weil er mit der behaarten Fotze seiner schwarzen Freundin nicht zurechtkommt? Der sich fürchtet, eine schwarze Muschel auszuschlecken! Oder Peter McGregor, dem die hysterische Ehefrau aus Angst vor dem Kinderkriegen vielleicht den Sex verweigerte?

Ellen kam zu keinem Ergebnis. Aber je mehr sie darüber nachdachte, welcher Typ von Mann so etwas tut und was seine Motivation sein mußte, desto bewußter wurde sie sich, wie gefährlich ihr Alleingang sein würde. Die Zeitungen waren ja voll von solchen Schicksalsgeschichten, egal ob sie nun wahr oder erfunden waren.

Am Tag darauf machte sich Ellen trotz aller Bedenken auf den Weg. Sie beeilte sich, um pünktlich zu sein, denn sie befürchtete, daß er nur unnötig gereizt würde, falls sie zu spät käme. Sieh an, wieviel Respekt ich schon vor ihm habe, schoß es ihr durch den Kopf.

Von Ferne schon sah sie das alte Backsteinhaus. Sie näherte sich langsam. Die Fenster waren dunkel, und allem Anschein nach war es unbewohnt. Sie parkte direkt vor dem Eingang, stieg aus, schloß den Wagen ab und stieg die drei Stufen hoch bis zur Haustür. Ihr Finger drückte auf die Klingel, aber da merkte sie, daß die Tür einen winzigen Spalt offenstand. Sie hielt inne, denn plötzlich spürte sie ganz intensiv, wie es in ihr kribbelte, welche Gewitterstimmung dieses Date in ihr verursachte. Ihr Schritt war klitschnaß, und sie wußte natürlich sofort, daß in ihrem Unterbewußtsein ein Vulkan tobte. Geh schon rein, du geiles Weibstück, sagte sie zu sich selbst und stieß die Tür auf.

Ellen wußte nicht, wer und was sie erwartete, und das Herz schlug ihr bis zum Hals, als sie das alte Haus betrat. Im gleichen Moment hörte sie die Stimme des Unbekannten.

»Guten Abend, Mrs. Burns«, begrüßte er sie.

Ihre Blicke stießen in das Dämmerlicht und suchten nach dem Unbekannten. Da zeigte er sich schon: Unmittelbar neben ihr stehend streckte er den Arm aus, um die Tür hinter ihr zuzustoßen. Dann drehte er sich um. Für einen Moment zeigte er sein Gesicht. Er trug eine schwarze Maske.

Als er sich anschickte vorauszugehen, sah sie, daß er außer einem engen schwarzen Latexanzug nichts anhatte. Ellen konnte deutlich seinen muskelbepackten, überaus athletischen Körper erkennen, der sich unter der künstlichen Haut abzeichnete.

Oh Mann, da war sie vielleicht doch ein wenig zu blauäugig gewesen! Ein Gefühl höchster Unsicherheit bemächtigte sich ihrer.

Der Unbekannte führte sie in einen Raum, der genauso schlecht beleuchtet war wie der Gang, der zu ihm führte. Ein kleines Fenster hätte etwas Licht ins Dunkel gebracht, wenn es noch Tag gewesen wäre. Aber es war Nacht. Nur ein paar Kerzen beleuchteten schwach den kahlen Raum und die nackte Wand, an der vier Lederfesseln angebracht waren. Zu dieser Mauer führte der Unbekannte sie und stellte sie davor.

»Wollen Sie mir vielleicht jetzt verraten, wer Sie sind, Mister, und was Sie mit mir vorhaben?« fragte Ellen sichtlich nervös.

Doch der Unbekannte blieb stumm. Er kniete sich vor sie, hob ihr linkes Bein und zog ihren Schuh aus. Dasselbe machte er mit ihrem rechten Bein und stellte die Schuhe ordentlich beiseite. Danach griff er links und rechts in den Saum ihres Rockes und zog ihn langsam herunter.

Ellen war wie blockiert, und der Kloß in ihrem Hals schien sich schneeballartig zu vergrößern. Sie brachte nicht einmal ein Räuspern hervor, als der Unbekannte ihr auch noch den Slip auszog. Jetzt stand sie mit entblößtem Unterkörper vor ihm. Und als er ihre Bluse aufknöpfte, den Verschluß ihres Büstenhalters öffnete, ihr beides abstreifte und zu ihren anderen Sachen warf, versuchte sie, die Gelegenheit zu nutzen und sich auf seine Augen und auf seine Lippen zu konzentrieren, um irgend etwas zu entdecken, was seine Identität verraten könnte. Aber es waren weder seine Augen noch seine Lippen und schon gar nicht seine Zähne deutlich genug zu erkennen. Die Maske, die er trug, hatte nur Sehschlitze, und auch der Ausschnitt für den Mund war viel zu klein, um etwas erkennen zu können.

Ihre Bemühungen, einen Hinweis auf seine Person zu entdecken, fanden ein abruptes Ende, als der Unbekannte ein Tuch hervorholte und es Ellen um die Augen band. Jetzt blieb ihr nur noch, seine Stimme zu erkennen, was voraussetzte, daß er wenigstens für einen Moment vergessen würde, sie zu verstellen.

Jetzt spürte Ellen, wie er ihr die Fußfesseln anlegte und auch ihre Handgelenke an den Fesselschlaufen fixiert wurden. Sie zitterte am ganzen Leib. Daß sie ein Tuch um ihre Augen hatte, machte die Sache für sie nicht leichter, denn jetzt war die Ungewißheit, was er mit ihr anstellen würde, noch größer. Sie versuchte sich immer wieder einzureden, daß es ja ihr eigener Wille war, sich dieser Spannung und dem Risiko auszusetzen, aber ihr wäre doch – im Nachhinein gesehen – wohler, wenn sie wenigstens sehen könnte, was im nächsten Augenblick passieren würde. Natürlich wußte sie, daß ihr kaum etwas angetan würde, solange sie die Spiele des Unbekannten mitspielen würde, allein es blieb die Frage, was es für Spiele sein würden. Hatte dieser Unbekannte mit dem schwarzen Latexanzug vielleicht doch ein Faible für das eine oder andere Sado-Maso-Spielchen? Würde er letzten Endes vielleicht Praktiken bevorzugen, die ihr überhaupt nicht lagen? Wäre es nicht denkbar, daß er, nachdem er seine Befriedigung hatte, eine Horde rauher, sexhungriger Kerle herbeirief?

Doch mitten in ihren Gedanken voller Zweifel und Befürchtungen spürte sie, wie der Unbekannte ihren rechten Fuß berührte, ihn streichelte, seine warmen Lippen darauf drückte und schließlich mit Küssen übersäte. Aha, dachte sie, er hat seine Maske heruntergenommen. Augenblicklich begann sie, sich zu beruhigen, und ihre Ängste vor einer möglichen Vergewaltigung oder noch Schlimmerem verschwanden. Ja, sie begann, seine Liebkosungen sogar zu genießen. Sollte sich doch bewahrheiten, was sie von diesem Date von Anfang an erwartet hatte?

Der Unbekannte, so empfand Ellen, war ein Meister. Seine Hände glitten immer wieder zärtlich über ihren Fuß, streichelten die empfindlichen Innenseiten unter dem Knöchel und berührten die Sohle, daß sie zusammenzuckte. Und ununterbrochen begleiteten Küsse seinen Streicheleien. Ellen schien es, als hätte ihr Meister unten an ihren Füßen ein neues Lustzentrum entdeckt. Wie bei einem Beben schienen die Liebkosungen Wellen der Lust nach oben zu senden, und nach nur wenigen Minuten fing Ellen an zu stöhnen. Sie konnte sich nicht mehr zurückhalten; sie mußte ihm zeigen, wie gut ihr seine Behandlung tat. Der Unbekannte machte sie geil, daß sie fürchtete, ihr Liebessaft würde ihr aus der Muschel tropfen. Sie konnte kaum noch erwarten, daß die fleißige Zunge endlich ihren Fuß verließ und sich auf den Weg nach oben machte.

Sie hatte sich schon längst nicht mehr in der Gewalt und begann, immer heftiger zu stöhnen. Doch der Unbekannte blieb, wo er war, und statt sich in Richtung ihrer Schenkel zu bewegen, nahm er ihren großen Zeh in den Mund und lutschte daran wie an einem Lolli. Dann bediente er sich auch der anderen Zehen, und Ellens Körper reagierte mit immer heftigeren Schüben ihres Saftes, der sich in ihrer Fotze zu sammeln begann. Es war nicht nur die Liebkosung an sich, sondern vor allem der Reiz des Neuen, Unbekannten, der Ellen die Sinne verwirrte.

Dann, nach unendlich scheinenden Minuten, spürte sie, wie die Zunge des Unbekannten vom rechten Fuß langsam das Bein hoch zum Oberschenkel und bis zum Bauchnabel glitt, dort einen Moment kreisend verharrte und wieder abwärts wanderte, dabei aber ihre Schamlippen großzügig umfuhr.

Wenige Sekunden später spürte sie seine Zunge wieder, und zwar in ihrem Bauchnabel. Sie bewegte sich schnell und verursachte ein Kitzeln, das in ihren Unterleib einzudringen schien, dort wie hunderttausend Blitze wohlige Gefühle in alle Richtungen sandte und im Inneren ihrer Scheide immer deutlicher zu toben begann. Es kribbelte schließlich so ungeheuerlich, daß Ellen zu krampfen anfing. Was machte der Unbekannte da nur mit ihr? Und vor allem: Wie konnte er diese Flut von Gefühlen nur mit seiner Zunge auslösen? Ellen hätte am liebsten ihre Lust hinausgeschrien, ihr Verstand riet ihr aber, alles zu unterdrükken, bis sie mehr von diesem geheimnisvollen Liebhaber wußte.

Trotzdem konnte sie sich eine Bemerkung nicht verkneifen. »Ja, du bist gut«, sagte sie. »Ich weiß zwar immer noch nicht, wer du bist, aber du leckst wirklich gut. Ja, wirklich gut.«

Anfangs hatte sie sich vorgestellt, hierher zu kommen, seine Identität zu fordern, und dann selbst die Initiative zu übernehmen. Bei gegenseitigem Gefallen hätte sie gegen einen kleinen, geilen Fick sicher nichts einzuwenden gehabt, und bei offensichtlichem Nichtgefallen hätte man halt ein Gläschen Wein zusammen getrunken – und tschüß!

Doch je mehr Zeit verging und je mehr der Unbekannte sie umschmeichelte, desto wohler fühlte sie sich. Barg dieses Verhältnis nicht etwas unheimlich Spannendes, Erotisches in sich? Und was würde sie verlieren und aufgeben, würde sich der verzehrende Liebhaber zu erkennen geben? Hatte die Sache nicht eine besonders reizvolle Note erhalten, eben weil sie nicht wußte, mit wem sie es zu tun hatte? Ellen ließ alle Gedanken fallen, jetzt in diesem Moment seine Identität zu erfahren. Ihr lag viel mehr daran, seine Liebkosungen bis zum Ende auszukosten.

Der Unbekannte glitt mit seiner Zunge nach oben und gelangte zwischen ihren großen Brüsten hindurch zum Hals, den er wiederholt zärtlich küßte. Danach wanderte er leckend in Richtung linke Schulter und küßte sie den Arm entlang bis zu ihren Fingerspitzen. Er leckte die empfindliche Haut zwischen ihren Fingern und küßte die Innenseite ihrer Hand. Dann fuhr er den gleichen Weg zurück, bis seine nasse Zunge ihre Achselhöhle erreicht hatte, in der sich durch die Erregung schon reichlich Schweiß gebildet hatte. Ellen wollte sich deswegen verweigern, aber der Unbekannte ließ nicht den geringsten Zweifel aufkommen, wer hier das Sagen hatte. Er ließ seine Zunge über die salzige Haut gleiten, nahm ihren Schweiß auf und hörte nicht auf, immer wieder bis in die Tiefe ihrer Achsel zu fächeln.

Dann nahm er sich die andere Achsel vor und leckte auch diese sauber. Ellen empfand die Küsse auf ihren Körper wie noch nie in ihrem Leben. Dieser unbekannte Zauberer beherrschte es meisterlich, sie mit den zärtlichsten Berührungen bis zum Wahnsinn zu treiben. Sie war schon häufig bis zum Orgasmus geleckt worden, aber das hier, das war etwas ganz anderes, etwas viel Schöneres, etwas, das die Spannung und Erwartung ins Unvorstellbare trieb. Mein Gott, stöhnte Ellen in Gedanken, was hat dieser Typ wohl noch alles drauf?

Sie sollte es gleich erfahren, denn der Unbekannte hatte kaum spürbar einen ihrer Nippel zwischen seine Lippen genommen und begann, ihn ganz zögerlich in seinen Mund zu saugen. Zuerst verschwanden das steife Türmchen und der braune Warzenhof in seinem Mund, dann, als könnte er nicht genug von ihren Brüsten bekommen, versuchte er, ihre ganze Titte einzusaugen. Ellen verspürte schlagartig ein Lustgefühl, das bis in ihren Unterleib vordrang. Die Säfte in ihrer Fotze begannen überzuquellen, und sie hatte das Gefühl, als würde ein feiner Rinnsal bereits an ihren Schenkeln hinunterlaufen. Sie stöhnte laut auf.

Nun leckte der Unbekannte beide Brustwarzen abwechselnd und nahm endlich seine Hände zu Hilfe. Er massierte ihre glühenden Möpse und drückte gelegentlich so fest, daß Ellen nicht mehr zwischen Schmerz und Lustgefühl zu unterscheiden wußte. Sie spürte, wie ihr vor Erregung das Blut in den Kopf schoß. Ihre Schamlippen schwollen an wie seit ihrer frühen Jugend nicht mehr.

Einen Moment später spürte sie seine Zunge nicht mehr. Statt dessen genoß sie seine Hände, die ihren ganzen Körper streichelten.

»Komm, leck mir doch endlich die Fotze, ich halte es nicht mehr aus. Bitte, steck mir deine Zunge rein!« bettelte Ellen und stöhnte dabei.

Aber der Unbekannte schien nach einem ganz klaren Konzept vorzugehen. Er reagierte überhaupt nicht, sondern strich mit seinen Fingerspitzen über ihren Unterleib. Zuerst den Nabel hinab bis zu ihrem Schamhügel, dann seitlich in die Leisten, dann über den Damm, jedoch ohne ihre Schamlippen oder ihren Anus zu berühren.

Ellen stöhnte abermals auf. Sie war sich sicher, daß sie diese Prozedur nicht mehr lange würde aushalten können. Sie brauchte jetzt ganz schnell eine Erlösung – wenigstens einen klitzekleinen Orgasmus.

»Quäl mich doch nicht so!« flehte sie. »Leck mich richtig oder fick mich, aber spann mich nicht so auf die Folter! Bitte!«

Der Unbekannte antwortete ihr nicht, aber er schien sie zu erhören, denn seine Lippen näherten sich ihren Schamlippen. Ellen spürte seinen Atem auf ihren empfindlichen, überreizten Labien, und er drückte sogar einen zarten, aber langen Kuß darauf. Wenn er doch lieber seinen Mund fest und kürzer darauf drücken würde, schoß es ihr durch den Kopf, aber der Unbekannte schien genau zu wissen, was er tat. Er hauchte nur einen Kuß auf ihre nasse Fotze und basta! Ellen war nahe daran durchzudrehen. Der Fotzensaft lief inzwischen in einem kleinen Sturzbach aus ihrer Muschel, und der Unbekannte ließ es sich nicht nehmen, das köstliche Naß aufzulecken. Weitere Berührungen mit seinem Mund verweigerte er ihr allerdings.

Dann endlich, als sie schon fast nicht mehr daran geglaubt hatte, begann er, mit einer infernalischen Leidenschaft ihre Schamlippen und ihren Kitzler zu lecken. Ellen war auf einen solchen Sturmlauf nicht gefaßt, und während sie aufstöhnte, sog er ihre Klitoris samt ihren Hautfalten in seinen Mund und umspielte sie darin mit seiner Zungenspitze. Ellen verkrampfte, und ehe sie ihre Gefühle richtig sortieren konnte, übermannte sie der erste Orgasmus. Sie begann zu hecheln und zu schnauben, und dabei lief ihr erneut ein Rinnsal ihres Schleimes aus ihrer Fotze.

Der Unbekannte leckte wie ein Besessener jeden

Tropfen auf, und als ihre Muschel versiegte, öffnete er mit beiden Händen ihre Schamlippen und tauchte seine Zunge in ihren Fotzeneingang. Er stieß tief hinein, so tief, bis Ellen spürte, daß er ihren Muttermund berührte, und jedesmal wenn er seine Zunge zurückzog, kitzelte die rauhe Oberfläche an ihren Scheidenwänden.

Dann wechselte er abermals zu ihrer Klitoris, ließ seine Zungenspitze mehrmals darüber kreisen und begann dann, Ellens Lustzapfen zu bearbeiten, als ginge es um sein Leben. Dabei streichelte er zuerst ganz intensiv ihre Oberschenkel und dann wühlte er mit seinen Händen in ihren Pobacken, bis Ellen noch einmal verkrampfte und zu wimmern anfing. Mösensaft troff aus ihrer Spalte und wurde von ihm gleich weggeleckt. Ein himmelschreiender Orgasmus überwältigte sie. Doch mitten in ihren schönsten Gefühlen ließ er von ihr ab.

»Fick mich endlich, du Bastard!« schrie Ellen in Gedanken, aber sie wagte nicht, sie auszusprechen. Ihr waren die Spielregeln überraschend deutlich geworden. Der Unbekannte war hier der Chef und alles Meckern, Bitten und Flehen sinnlos. Sie wollte etwas von ihm, soviel stand für beide fest, und das bedeutete, daß sie sich seinen Regeln unterwarf. Und dazu gehörte auch, daß sie keine Fragen stellte.

Ellen stand nach wie vor schlaff an der Wand gefesselt. Sie war erschöpft, obwohl sie soviel gar nicht hatte über sich ergehen lassen müssen. Es war die Ungewißheit, die Spannung und der Respekt vor dem Unbekannten, die alle ihre Kraft gekostet hatten. So war sie eigentlich ganz froh, daß sie wenigstens oben in den Fesseln hing; so war ihre Erschöpfung weniger auffällig.

Es ist vorbei, dachte Ellen, die Ganzkörperbehandlung hatte ihren Höhepunkt in einem herrlichen Orgasmus gefunden. Aber warum in Gottes Namen will er mich nicht ficken? Bekommt dieser Zauberkünstler der Verführung keinen mehr hoch oder will er mich quälen?

Der Unbekannte löste ihre Fesseln an den Fußgelenken. Dann begann er – Ellen hätte fast einen Schreck bekommen – ihr den Slip langsam wieder anzuziehen. Er positionierte beide Füße parallel in die Mitte, hob das rechte Bein, zog die eine Seite des Slips bis zur Wade hoch und machte dasselbe mit dem linken Bein. Dann zog er den schwarzen Slip nach oben bis zur Hüfte.

Dieser Verrückte packt mich wieder ein, wunderte sich Ellen, als der Unbekannte ihr auch noch den Rock anzog. So etwas hatte sie nun wirklich noch nicht erlebt.

Als er ihr den Rock und anschließend noch die Schuhe angezogen hatte, löste er auch die Fesseln an ihren Handgelenken. Die Arme fielen ihr bleischwer herunter, aber wenigstens konnte sie sich ein wenig bewegen. Natürlich hätte sie nun das Tuch von ihren Augen nehmen können, aber sie tat es nicht. Zu groß war die Angst, mit einer Enthüllung dem ganzen kribbelnden und ungemein spannenden Vergnügen ein

Ende zu bereiten und den ganzen Kick zu eliminieren. Dies wollte sie auf keinen Fall, denn eben diese Spannung und dieses Kribbeln waren die Gründe, die das Date so einzigartig machten. Gerade die Anonymität war ja das Salz in der Suppe.

Dennoch, Ellen fühlte sich ein wenig eigenartig, so wie sie dastand: Untenherum hatte sie alles an, oben nichts. Warum zum Teufel ließ er sie halbnackt stehen? Begaffte er vielleicht ihre Brüste, die ihr heiß und geschwollen vorkamen? Oder hatte er noch etwas anderes mit ihr vor? Ellen wartete geduldig ab.

Doch nach unendlich lang erscheinenden Minuten – oder Sekunden, sie wußte es nicht –, drehte der Unbekannte sie um und zog ihr den Büstenhalter an. Und kaum hatte er ihre Riesentitten in den Körbchen verstaut, zog er ihr auch die Bluse an.

Er führte sie zur Tür, öffnete sie und schob Ellen ganz sanft, aber bestimmt und höflich nach draußen. Dann hauchte er mit seiner verstellten Stimme ein »Auf Wiedersehen« und nahm ihr das Tuch von den Augen. Ellen bemühte sich sofort, ihre Augen an das neue Licht zu gewöhnen, doch als sie sich umdrehte, war der Unbekannte schon wieder weg und die Tür geschlossen.

Ellen war irgendwie verwirrt. War das jetzt ein Traum oder stand sie wie vorhin, als sie angekommen war, immer noch vor diesem Haus? Hatte sie das alles tatsächlich erlebt?

Zumindest gab es in dieser Situation keinen Anlaß, sich ernsthaft über ihre Sicherheit Gedanken zu machen. Sie wußte, daß dieser Unbekannte nicht gewaltbereit war, daß er ein erotischer Schöngeist und Gefühlsmensch war, der sein Glück darin suchte, sie zu verwöhnen. Er meinte es zweifellos gut mit ihr, und daß er sich ganz schlicht mit den Worten »Auf Wiedersehen« verabschiedete, deutete sie dahingehend, daß er fest an ein zweites Date glaubte.

Zu Hause resümierte Ellen noch einmal das Geschehene. Sie wollte einfach richtig begreifen, warum sich dieser Mann so ungewöhnlich verhielt: Dieser Typ hatte sie eingeladen, sie ausgezogen, sie solange geleckt, bis sie zum Höhenpunkt gekommen war. Er hatte sie wieder angezogen und sie danach wieder vor die Tür gestellt. Aus welchem Grund machte ein Mann so etwas? Weil er sie bewunderte? Daß ein Mann eine Frau bewundert, das liegt ja in der Natur der Dinge. Aber muß ein Mann eine Frau gleich zu einem so ungewöhnlichen Date einladen und sie sexuell verwöhnen? Oder wollte er ihr damit lediglich einen Gefallen tun? Vielleicht bestand sein ganzes Sexualleben nur darin, eine Frau bis zum Orgasmus zu lecken? Vermutlich genoß er es, sie auszuziehen, sie wie ein Spanner nackt zu betrachten, sie zu lecken und ihren Schweiß und ihren Mösensaft auf seiner Zunge zu genießen! Wozu hatte sie sich da als Frau nur hinreißen lassen?

Und dann kam die Gretchenfrage: Sollte sie auf das zweite Date eingehen? Sicher war, daß er anrufen und eine weitere Verabredung suchen würde. Das ergab sich allein aus der Tatsache, wie er sich verabschiedet hatte. Wenn sie doch nur seine Telefonnummer hätte!

Ganz aufgeregt suchte sie im Speicher ihres Handys nach seiner Nummer - und fand sie. Doch sie nützte ihr wenig: es war der Anschluß einer Telefonzelle am Union Square, etwa drei Meilen von ihrer Wohnung entfernt.

Schade, sagte sie sich, und gleichzeitig dachte sie »Gott sei Dank«, denn blitzartig wurde ihr klar, daß mit Bekanntwerden seiner Identität wahrscheinlich ihr Interesse auf Null absinken würde. Sie wollte alles, nur das nicht. Nur nicht die Zärtlichkeiten dieses Zauberers so beenden!

Ihr Handy klingelte. Ellen zuckte ein wenig zusammen, denn sie war von einer Sekunde auf die andere aus ihren Gedanken gerissen worden. Sie schaute kurz auf das Display. Es war die Nummer des Unbekannten, es war exakt die Nummer, die sie vor nicht einmal einer Minute angewählt hatte. Augenblicklich schlug ihr Herz schneller. Sie wurde nervös.

»Hallo.«

»Hallo, Mrs. Burns. Habe ich Sie geweckt?« fragte eine männliche Stimme. Es war eindeutig die des Unbekannten.

»Nein, ich bin gerade erst nach Hause gekommen«, antwortete Ellen und war bemüht, sich ihre Aufregung nicht anmerken zu lassen.

»Also dann sind Sie mir auch nicht böse, wenn ich jetzt mit Ihnen über unseren Abend reden möchte?«

Natürlich wollte auch sie das, und eine sonderbare Mischung aus Anspannung und Geilheit überfiel sie. Sie mußte spontan daran denken, wie sie gekommen war und seinen Mund bei ihrem Orgasmus überflutet hatte. Sie hielt ihr Telefon ans Ohr, stand auf und begab sich in ihr Schlafzimmer, wo sie sich aufs Bett fallen ließ.

»Mrs. Burns, sind Sie noch dran?« fragte der Unbekannte ungeduldig.

»Klar bin ich das«, erwiderte Ellen erregt, die inzwischen ihre Hand in ihren Slip geschoben hatte. Schwach stöhnte sie auf, als sie ihre Finger auf ihrer glatt rasierten Muschi spürte. Sie drückte zwei Finger ganz leicht auf ihre Klitoris und begann, den kleinen Knopf kaum merklich zu massieren.

»Ich muß sagen, wenn Sie nackt sind, sind Sie eine noch attraktivere Frau«, sagte der Unbekannte.

»Danke, Mr. Unbekannt! Verraten Sie mir auch, was Sie an meinem Körper am erotischsten finden?« fragte Ellen mit belegter Stimme.

»Das soll mein Geheimnis sein.«

»Ach, kommen Sie. Sind es meine großen Möpse, mein Hintern, meine unrasierten Beine oder meine gründlich rasierte Möse?«

»Wie ich schon sagte, ich werde es Ihnen nicht verraten. Wenn Sie wollen, können Sie es selber herausfinden. Ich finde Ihren ganzen Körper erotisch. Sie haben nur sehr wenig Parfüm benutzt. Den Duft, der Ihrer Vagina entströmte und der Geschmack des Schweißes aus Ihren Achselhöhlen haben mich regelrecht betört. Auch Ihre Füße und die Zehen hatten ihren eigenen Geschmack.«

Es ist sonderbar, stellte Ellen fest, wie geil mich das Gespräch mit ihm macht. Sie begann, ganz ungeniert ihren Lustzapfen zu massieren, selbst auf die Gefahr hin, daß er ihr schweres Atmen wahrnehmen könnte.

»Es ist faszinierend, wie eine edle, gebildete Frau in Ihrem Alter einen so verführerischen Körper haben und sich so gehen lassen kann. Es ist wirklich schön anzusehen, wie Ihre Vagina weißen Schleim bildet; wie Sie vor Lust aufstöhnen, wenn man Ihr Geschlecht leckt; wie Ihr Körper und vor allem Ihr Becken zukken, wenn Sie zum Orgasmus kommen ...«

Ellen hatte bereits den Zeige- und den Mittelfinger in ihre nasse Fotze geschoben und bewegte sie darin, daß es nur so quackerte. Lustvoll stöhnte sie dazu, aber es war nicht so laut wie sonst, wenn sie sich selbst befriedigte. Aber es genügte, daß es der Unbekannte hören konnte.

»Mrs. Burns, onanieren Sie?« frage er.

»Nein ... nein, wie ...«

»Ach, Mrs. Burns, Sie müssen sich doch deshalb nicht schämen. Auch wenn Sie eine erfahrene Frau sind, ist es keine Schande, einmal am Telefon zu onanieren.«

»Na gut, Mr. Unbekannt«, sagte Ellen schwer atmend vor Lust, »da Sie es nun wissen und es vermutlich auch so wollen, wichse ich nun weiter an Telefon, während wir über unser Treffen reden. Wollen Sie auch mitmachen?«

»Nein, Mrs. Burns, ich spare mein Sperma lieber für einen ganz besonderen Moment auf. Außerdem, in einer Telefonzelle zu masturbieren, wäre äußerst taktlos«, sagte er mit ruhiger Stimme.

»Ach was, beim letzten Telefonat hatten Sie ja auch gestöhnt, oder? Hatten Sie am Montagabend, als Sie mich angerufen haben, nicht doch Ihr Schwänzchen gerubbelt?«

Für einen Moment lang war es ruhig am anderen Ende der Leitung. Ellen konnte nur ihr eigenes, lustvolles Schnaufen hören. Auf einmal kehrte blitzartig Nüchternheit ein.

»Mr. Unbekannt, wollen Sie mich auf den Arm nehmen? Sie machen mich geil mit Ihrem Gespräch, selber aber wichsen Sie nicht«, sagte Ellen, die verärgert und enttäuscht die Finger aus ihrer triefenden Fotze nahm.

»Mrs. Burns, es freut mich für Sie, daß Sie durch das Telefongespräch mit mir erregt werden, aber veräppeln will ich Sie bestimmt nicht. Ich wollte nur sagen, wie schön Sie aussehen, wenn Sie nackt sind, und was …«

»Entschuldigung«, unterbrach Ellen das Gespräch. Diese Situation war für sie äußerst peinlich. Sie, als gereifte Frau, onanierte am Telefon, wobei ihr Gesprächspartner nichts dergleichen tat. »Es kam einfach über mich.«

»Aber Mrs. Burns, genießen Sie es, wie Sie es bei unserem Blind Date getan haben. Da gingen Sie ab wie eine Rakete«, sagte der Unbekannte ruhig.

»Wollen Sie mir zuhören, wenn ich mich befriedige?« fragte sie.

»Nein.«

»Würde es Sie nicht erregen?«

»Mrs. Burns, ich denke, es wäre jetzt der richtige Zeitpunkt, das Telefonat zu beenden«, versuchte der Unbekannte, das Gespräch zu einem Abschluß zu bringen.

»Nein, nicht beenden! Machen Sie mich wieder geil, ich werde onanieren, bis ich komme. Sagen Sie irgend etwas.«

Plötzlich traf es sie wie ein Blitz. Hatte sie nicht gerade demonstrativ vorgeführt, wie abhängig sie bereits von diesem Mann war!? Hatte er nicht spätestens jetzt erkennen müssen, wie süchtig sie nach ihm war? Ellen erschrak über sich selbst. Wie konnte sie nur einen solchen Fehler begehen? Okay, er hatte sie gewissermaßen verzaubert, aber wieso konnte sie trotz der Distanz keinen klaren Kopf behalten?

»Sehr gut«, erwiderte der Unbekannte. »Wo bin ich vorhin stehengeblieben? Bei Ihrem Scheidensekret?«

»Egal, machen Sie mich einfach geil«, flehte Ellen, die ihre Finger wieder in ihre Vagina tauchte.

»Wissen Sie, Mrs. Burns, daß Sie gut riechen, wenn Sie erregt sind?« fragte der Unbekannte ruhig.

»Wirklich? Mögen Sie meinen Mösenduft?« fragte Ellen erregt, die ihre Finger jetzt ein wenig schneller in ihrer Scheide rotieren ließ.

»Mösenduft klingt wunderschön. Diesen Begriff sollte man schützen lassen und ein Surrogat in Form von Parfüm auf den Markt bringen. Was halten Sie davon?«

»Schade, daß Sie meinen Mösenduft jetzt nicht riechen können.«

»Oh doch, Mrs. Burns, ich kann ihn riechen. Natürlich nicht durch das Telefon, aber ich kann ihn trotzdem riechen. Denn als ich vor nur einer knappen Stunde Ihre Spalte geleckt habe, habe ich jeden Tropfen, den Sie bei Ihrem Orgasmus ausgeschieden haben, aufgesogen. Nicht nur mit dem Mund, sondern auch mit meiner Nase. Mein ganzes Gesicht war genauso überschwemmt von Ihrem Saft wie Ihre Fotze, und deshalb ist der Duft Ihres Fotzensaftes allgegenwärtig. Wo immer ich meine Nase hinstecke, ich rieche ihn. Es ist ein starker, aber durchaus angenehmer Geruch, wie ich finde.«

Ellen ließ ihre beiden Finger zu ihrer Klitoris wandern und begann, ihren Lustzapfen zu massieren.

»Nun, wie fanden Sie es, als ich Ihre Füße und Zehen liebkoste?« fragte der Unbekannte.

»Absolut scharf. Es hat mich verzaubert, wenn ich ehrlich sein will. Es hat mich total verrückt gemacht, wenn man das Lecken meiner Möse einmal außen vor läßt. Das Lecken meiner Fotze hat bei mir immer Vorrang, müssen Sie wissen, aber ich hätte nie gedacht, daß es noch etwas gibt, was fast genauso aufregend ist«, antwortete Ellen erregt.

Sie hatte kaum ausgesprochen, da war sie soweit. Sie kam zum Höhenpunkt: Ihr Becken zuckte kurz, sie stöhnte langgezogen, atmete dabei für einen Moment ganz heftig, und ließ dann die Wellen der Lust ganz langsam ausklingen. Nachdem sie Atem geschöpft hatte, hauchte sie: »Dankeschön, Mr. Unbekannt, Sie haben mich heute schon zum dritten Mal zum Höhepunkt gebracht.«

»Freut mich für Sie«, sagte der Unbekannte. »Aber es wäre gut, wenn wir nun für heute Schluß machen würden. Die Nacht ist kurz, und morgen müssen Sie sich wieder voll konzentrieren können. Sie wollen doch nicht, daß Ihre Geprächspartner merken, wie müde und ausgelaugt Sie sind. Die kommen vielleicht noch auf den Gedanken, daß Sie eine ganz heiße und erotische Nacht hinter sich haben.«

Der Unbekannte hatte vollkommen recht. Ellen hatte es sich schon immer zur Pflicht gemacht, ruhig und damit ausgeruht und konzentriert zu wirken.

»Okay, Sie haben recht, ich sollte vernünftig sein. Doch eines möchte ich noch wissen: Warum rufen Sie nicht von Ihrem Hausanschluß an? Dann könnten wir zusammen masturbieren?«

»Sie glauben doch nicht, daß ich Ihnen darauf antworte. Wollen Sie alles zerstören, indem Sie nach dem Besitzer der Telefonnummer suchen lassen?«

Ellen ärgerte sich über ihre dumme Frage. »Entschuldigung!«

»Gute Nacht, Mrs. Burns.«

»Gute Nacht.«

III

Als Ellen aufstand, rasierte sie sich die kleinen Stoppeln an ihrer Muschi weg, duschte sich anschließend und nahm ein gepflegtes Frühstück zu sich. Dabei bereitete sie sich in Gedanken auf die Gesprächsstunde vor. Ob sie wohl mit Josh Mason anfangen sollte, weil er letztes Mal nicht zu Wort gekommen war? Oder sollte sie lieber locker anfangen und Daniel Norris fragen, ob er das Fötzchen seiner schwarzen Freundin geleckt hat? Oder war es besser, zuerst einmal herauszufinden, ob sich ihr Mr. Unbekannt nicht doch durch eine winzige Unachtsamkeit verriete? Sie entschloß sich, die Dinge auf sich zukommen zu lassen. Bei der vorlauten Runde, die sie dieses Mal beisammen hatte, würde schon irgendeiner den Anfang machen.

Auf einmal überkam sie ein unangenehmes Gefühl. Sie wußte, daß der Unbekannte möglicherweise in dieser Runde sitzen würde, daß er sie möglicherweise kritisch betrachten und sie innerlich belächeln könnte. Sie würde sich vorkommen müssen wie ein Opfer. Aber war sie wirklich ein Opfer? Nein, im Gegenteil. Sie wurde ja die letzte Nacht geleckt und hofiert, als wäre sie eine Königin. So gesehen war sie natürlich niemals ein Opfer. Nur wenn man in Betracht zog, wie sie sich zu ihm hingezogen fühlte, dann könnte man in gewisser Weise von einer Opferrolle sprechen. Zumindest bahnte sich eine gewisse Abhängigkeit an, was zu einer vergleichbaren Position führt.

Pünktlich um acht begrüßte Ellen die Teilnehmer und setzte sich in ihren Sessel.

»Nun, ich möchte zunächst einmal wissen, ob Denise einen kleinen Fortschritt gemacht hat«, begann sie und sah Denise Davis an. »Denise, waren Sie gestern abend in einem Nudistenclub?«

Denise lächelte verschmitzt. »Ja, das war ich. Es war vielleicht kein typischer Nudistenclub, sondern vielmehr ein Kegelclub für Nudisten.«

»Schön, Denise. Und wie war es?«

»Sehr amüsant. Das Kegeln machte zwar überhaupt keinen Spaß, aber was ich da alles sich bewegen und baumeln sah, als diese Männer und Frauen die Kugel schoben!« antwortete Denise leicht belustigt.

»Und sonst?« fragte Ellen, »Konnten Sie Ihre exhibitionistische Lust ein wenig ausleben?«

»Na ja, ich konnte wohl splitternackt herumlaufen und kegeln, aber keiner sah meinen Körper richtig an. Weil ich zum ersten Mal in diesem Kegelclub war, begrüßten sie mich und sprachen mit mir. Dabei sahen sie aber nur in mein Gesicht. Für diese Nudisten ist es nämlich absolut natürlich, wenn man nackt ist. Es war furchtbar!« zeterte sie.

»Aber Denise, haben Sie von einem Nudisten-Kegelclub etwas anderes erwartet?« wollte Ellen wissen.

»Ich wußte ja, daß die Nudisten, wenn sie mich

nackt sehen, mich nicht gleich anstarren würden, aber daß diese Leute – nicht einmal die Männer – meinem Körper überhaupt keine Beachtung schenkten, das enttäuschte mich schon sehr.«

»Wollen Sie sich lieber wieder der Öffentlichkeit nackt präsentieren, um Ihrem exhibitionistischen Drang nachzugehen?«

»Nein«, erwiderte Denise schroff.

»Gut. Aber was wollen Sie tun, wenn Sie nichts mit einem Nudistenclub anfangen können?«

»Ich werde in einen Swingerclub gehen, wie Sie es schon einmal angesprochen haben. Dort kann man auch niemanden erschrecken, wenn man nackt ist. Aber in einem Swingerclub kann man auch noch – was man in einem Nudistenklub sicher nicht kann – vögeln, bis die Schnecke wund ist.«

Ellen schmunzelte kurz. »Wenn es Ihnen Spaß macht, bitte. Sie wissen, Denise, daß Sie dringend ein Ventil für Ihren Exhibitionismus brauchen. Dabei ist es eigentlich egal, ob es sich um einen Nudisten- oder um einen Swingerclub handelt und in welchem Club Sie noch dazu Sex haben.«

»Keine Angst, ich werde schon etwas finden«, meinte Denise.

»Das wäre auch das Ziel«, sagte Ellen und wandte ihren Blick von Denise zu Daniel Norris.

»Daniel, haben Sie nun versucht, Ihre Freundin zu verwöhnen?«

»Ja, ich habe sie überall geleckt, auch an der Möse. Aber sie kam trotzdem nicht zum Höhenpunkt.« In seiner Stimme klang eine gute Portion Entmutigung mit.

»Stimmt das?« fragte Ellen und blickte zu Daniels Freundin Alice.

»Ja.«

»Wie lange hat Ihr Freund denn Ihre Vulva geleckt?«

»Vielleicht zehn oder zwanzig Sekunden.«

»Entschuldigen Sie, wenn ich grinsen muß, aber das reicht natürlich nicht. Ihr Freund sollte Ihre Vulva wenigstens zehn Minuten lang lecken.« Ellen wandte den Blick von Alice zu Daniel. »Lecken Sie den Genitalbereich Ihrer Freundin, bis sie sagt: ›Du kannst aufhören, ich bin gekommen.‹ Dann wissen Sie genau, daß es lange genug war«, belehrte Ellen ihn und mußte dabei spontan an ihr Blind Date denken. Es wurde ihr heiß, und ihre Brustwarzen schwollen an.

Schnell verscheuchte sie ihre Gedanken und wandte sich wieder Daniel Norris zu: »Natürlich muß Ihre Freundin beim Oralsex nicht gleich zum Orgasmus kommen, denn das Lecken ist ja in erster Linie als Vorspiel gedacht. Aber dennoch sollten Sie das Döschen Ihrer Freundin mindestens drei oder vier Minuten lang lecken. Sie muß sich doch selbst erst einmal auf das neue Gefühl einstellen.«

Daniel schaute Ellen mit großen Augen an, doch er schien verstanden zu haben.

Es war kurz still im Raum, dann ergriff Ellen erneut das Wort: »Wenn Daniel und Alice nichts dagegen haben und auch sonst keiner eine Frage dazu hat, möchte ich nun mit Mr. Mason weitermachen. Er ist ja in der letzten Stunde nicht zu Wort gekommen.«

Alle nickten.

»Nun, Josh, ich möchte von Ihnen wissen, ob Sie in der Zwischenzeit wieder einmal Lust verspürten, eine Frau – nun, wie soll ich sagen? – etwas unsanft zu nehmen?«

»Nein. Mrs. Burns, das hatte ich nicht. Das hatte ich übrigens noch nie«, antwortete Josh. »Ich verstehe die Art, wie ich mich annähere, als Spiel. Mein Pech ist nur, daß niemand darauf eingeht.«

»Sie sind immerhin dafür bestraft worden.«

»Ich bin sehr milde bestraft worden, weil sogar der Staatsanwalt an eine richtige Vergewaltigung nicht geglaubt hat.«

»Das ist mir neu. Wofür sind Sie dann verurteilt worden?«

»Sie nannten es versuchte Vergewaltigung, in Wirklichkeit war es eher eine Belästigung. Das ganze war ein Mißverständnis, um genau zu sein.«

»Um so besser. Wie gehen Sie mit Ihren Gefühlen um, wenn Sie den Drang verspüren, sich jemandem wieder so zu nähern?«

»Ich denke einfach nicht daran, eine Frau, die ich unterwegs sehe, anzubaggern. Ich gehe einfach weiter und denke nicht einmal daran.«

»Weshalb konnten Sie dieses Gefühl nicht schon zuvor in den Griff bekommen, wenn es doch so einfach ist? Dann hätten Sie es ja selber verhindern können, daß Sie Frauen von der Straße holen, sie fesseln und ihnen Gewalt antun«, warf Carol McGregor ein und schaute triumphierend in die Runde.

Während Josh nach Worten rang, wurde auch Ellen nachdenklich. Wenn dieser lausige Typ das Fesseln so liebte, dachte sie, war er vielleicht der Unbekannte? Unvorstellbar! Josh Mason verhielt sich anders, redete anders, hatte ein viel flacheres Sexualleben. Ausgeschlossen! Ellen beruhigte sich wieder. Tausende solcher Typen lieben Fesselspiele! Wie kam sie nur gerade auf ihn?

»Na ja«, fuhr Josh fort. »Damals sah ich das noch nicht als ein Problem an. Mich reizte es einfach, eine Frau, die meiner Vorstellung entsprach – das heißt, wenn sie große Titten hatte, einen guten Körper und sexy gekleidet war – von der Straße zu holen, zu fesseln und zu ficken, bis es mir kam. Natürlich sorgte ich dafür, daß ich nicht in sie spritzte, ich wollte sie ja nicht schwängern.« Joshs Stimme klang ziemlich derb, und Ellen konnte ein wenig Enttäuschung daraus hören.

Ellen konnte nicht widerstehen, ihm noch weitere Fragen zu stellen, denn immer wieder kam es ihr, daß Josh doch noch ihr leckender Lover sein könnte. Nun konnte sie dies in der Gruppe tun, vorausgesetzt, die Teilnehmer wußten nicht, weshalb sie derartige Fragen stellte. Der Einzige, der sie verstehen würde, wäre der beteiligte Lover gewesen, so er denn in dieser Runde zu finden wäre.

»Josh, haben Sie irgendeine Frau, die Sie schon einmal gefesselt haben, geleckt, ohne sie zu ficken?«

fragte Ellen und sah Josh genau an, denn sie wollte sehen, wie er auf diese Frage reagierte. Aber in seinem Gesicht konnte Ellen nicht den Hauch einer Gemütsbewegung erkennen.

»Geleckt? Nein, außer ihren Titten und Brustwarzen habe ich nie etwas geleckt.«

»Also sind wir schon zwei, die das Lecken lernen müssen«, quakte Daniel dazwischen.

»So etwas lerne ich nur, wenn es sein muß«, erwiderte Josh ruhig und mit der gleichen eisernen Miene wie zuvor.

Anhand seines Gesichtsausdruckes konnte Ellen also nichts feststellen. Sie mußte anders oder einfach noch mehr fragen.

»Wie fesselten Sie Ihre Frauen, Josh?«

»Ich habe ihnen immer die Hände hinter dem Rükken zusammengebunden, so konnten sie sich nicht wehren«, antwortete Josh ausdruckslos.

»Und was taten Sie, wenn die Opfer schrien?«

»Sie haben nie geschrien. Sie wollten ja, daß ich sie fesselte und fickte.«

»Ich muß sagen, solche Typen, wie Sie einer sind, Mr. Mason, kotzen mich dermaßen an. Da kann ich als Frau froh sein, daß ich von Ihnen nicht belästigt wurde. Es wäre eine Schande, wenn ich von Ihnen ein Kind bekommen würde«, belferte Carol McGregor verärgert.

»Mrs. McGregor, ich kann Sie beruhigen, das ist alles Vergangenheit.«

»Josh, Sie sagten einmal, daß Sie all Ihre Zudringlichkeiten zu Hause vorgenommen hätten, ist das richtig?«

»Richtig, Mrs. Burns.«

»Wohnen Sie in einem Block?«

»Klar. Ich kann mir doch kein Einfamilienhaus leisten. Weshalb fragen Sie?«

»Ach, nur so«, antwortete Ellen etwas nervös. »Wie haben Sie denn die Frauen in Ihr Haus gekriegt?«

»Sie sind mitgegangen. Sie wollten ja mitgehen. Ihnen hat nur nicht gefallen, wie ich sie behandelt habe, nachdem ich sie gefesselt hatte. Die wollten alle schmusen und kuscheln, verstehen Sie, aber das ist überhaupt nicht mein Ding.«

Ellen merkte, daß sie mit ihrer Fragerei schon ein wenig zu weit gegangen war. Sie wußte, daß sie an diesem Fall dranbleiben mußte; dazu gehörte auch, daß sie Fragen stellte, aber sie durfte nicht die Aufmerksamkeit aller Beteiligten auf sich ziehen und den Eindruck aufkommen lassen, daß hinter diesem Fall Mason etwas Besonderes steckte.

»Mrs. Burns, ich würde gerne über den Alptraum reden, den ich gestern Nacht hatte«, tat Carol plötzlich recht ungeduldig.

Bevor sich Ellen ihr widmete, fragte sie Josh, ob er noch etwas zu seinem Thema sagen oder fragen wolle. Josh schüttelte nur den Kopf.

»Nun, Carol, fangen Sie an.«

Carol erzählte von ihrem Alptraum, den sie in der Nacht vom Montag auf den Dienstag hatte. Eine schlimme Fehlgeburt habe sie gehabt, das Baby sei dabei gestorben. Ellen hörte zu und überlegte, ob Carols Angst vor einer möglichen Fehlgeburt überhaupt hierher gehörte. Die Angst davor war eher ein Fall für einen Psychoanalytiker. Wenn sie nämlich so stark war, daß Carol Alpträume davon bekam, war das ein typischer Fall für einen Seelenklempner.

»Carol, ich merke, daß Sie wirklich sehr viel Angst davor haben. Obwohl ich bei der letzten Sitzung am Montag das Gefühl hatte, Ihnen ginge es wieder besser, scheint mir, daß ein solcher Kreis hier vielleicht doch nicht das Richtige für Sie ist.«

»Was heißt denn das?« fragte Carol verärgert.

»Nun ja, Josh, Daniel, Denise und Joyce haben ein allgemeines sexuelles Problem. Sie, liebe Carol, haben Angst vor einem Ereignis, vor einer Entwicklung. Sie sollten einen Psychotherapeuten aufsuchen. Lassen Sie uns nach der Sitzung noch einmal unter vier Augen darüber sprechen.«

In nur einer Sekunde wurde Carols Gesicht puterrot, und sie schnappte nach Luft wie ein Fisch auf dem Trockenen.

»Komm, Peter, wir gehen! Und zwar sofort. So etwas lasse ich mir nicht bieten«, zischte sie und verließ aufgebracht den Raum. Ihr Mann Peter folgte ihr kommentarlos, zuckte dabei aber entschuldigend mit den Schultern.

Ellen wollte ihnen schon nachgehen, als die Tür krachend und endgültig ins Schloß fiel. Na, dann eben nicht!

»Regen Sie sich nicht auf, Mrs. Burns, die Frau hat

wirklich einen Schaden«, meinte Denise.

»Dafür wird wieder ein Platz frei«, kommentierte Joyce lächelnd. »War sowieso nicht sehr interessant ihr *Ich-hab-so-Angst-vor-der-Geburt*-Gequake.«

»Das stimmt allerdings«, pflichtete Ellen ihr bei, wollte aber nicht weiter auf das Thema eingehen.

»Also, wenn noch jemand etwas zur Diskussion stellen möchte, kann er oder sie jetzt anfangen.«

Aber niemand meldete sich zu Wort.

»Gut, dann will ich noch einmal auf das Vorspiel beim Sex eingehen, weil das ein Thema ist, das alle Teilnehmer dieser Runde betrifft.«

Doch bevor Ellen ihren Monolog beginnen konnte, ergriff Denise das Wort. »Ich weiß von meinen Bekannten, daß in einem Swingerclub keine oder selten Kondome benutzt werden. Dies gilt sowohl für Oral- und Anal- wie auch Vaginalverkehr«, formulierte sie galant.

»Gut, daß Sie das ansprechen, Denise. Man kann trotz soviel Leichtsinn Glück haben und ungeschoren davonkommen, aber je nach Publikum kann ein solches Unterfangen den glatten Selbstmord bedeuten. Sie alle müßten das wissen, denn die Zeitschriften sind ja voll von diesen Schicksalen. Ein Tripper ist ja fast unangenehmer als er gefährlich ist, aber die Palette der Ansteckungskrankheiten ist ja riesig. Da muß man nicht gleich an Aids denken. Dazwischen liegen alle anderen Geschlechtskrankheiten und zwei Dutzend höchst unangenehme Übel wie Herpes und verschiedene Pilze.«

»Mrs. Burns, darüber wollte ich eigentlich nicht sprechen. Ich wollte etwas ganz anderes wissen.

»Und das wäre?«

»Eine Kollegin behauptete, daß Kondome, die mit Rillen, Noppen oder Ähnlichem ausgestattet sind, mehr Lustgefühl für die Frau bieten. Stimmt das?« fragte sie.

»Nicht bei allen Frauen ist es so. Aber bei vielen Frauen sollen Kondome mit Noppen beim Vögeln mehr Lust bereiten als die üblichen Kondome. Wenn ich Sie wäre, dann würde ich es ausprobieren.«

»Besteht nicht die Gefahr, daß die Scheide durch die kleinen harten Noppen verletzt wird?«

»Die Schleimhäute schützen sich davor durch – wie der Name schon sagt – eine Schleimschlicht, die eine zu große Reibung und damit eine Verletzung so gut wie ausschließt. Da ist normaler Verkehr in einer trokkenen Vagina tausendmal gefährlicher. Aber die Natur hat da eine Art Frühwarnsystem eingebaut: Wenn nämlich die Scheide zu trocken ist, ist der Verkehr von Anfang an ziemlich schmerzhaft und wird von der Frau abgelehnt. Die Damen in der Runde kennen das ja. Gerade auch deswegen ist ja ein Vorspiel mit entsprechender Stimulation so wichtig. Stimulierung und die Produktion von Schleim gehen ja bei einer normalen Frau einher.«

»Also ich kann die Dinger nicht vertragen«, warf Joyce ein. »Ein Penis mit einem Gummi kommt mir immer vor wie ein Kunstschwanz. Da brauchst du nur noch einen Mann an das andere Ende zu binden, und dann hast du genau dasselbe.«

»Keine Frau kann es sich leisten, auf Schutz zu verzichten. Vor allem Sie sollten das wissen, Joyce. Haben Sie sich von den Typen, die Sie auf der Straße aufgelesen haben, vollspritzen lassen?«

»Und ob. Jeder Saft, der beim Orgasmus verspritzt wird, ist für mich ein Lebenselixier. Egal ob er von einem Männlein oder Weiblein stammt. Er ist das Höchste sowohl vom Geschmack als auch vom Geruch. Kann mir jemand folgen?« fragte sie in die erstaunte Runde hinein. Ihre Ausführungen hatten eine Pikanterie erreicht, die die anderen Frauen in Verlegenheit brachte.

Ellen sah auf ihre Uhr und war froh, daß sie auf die Ausführungen dieser kleinen Hure nicht eingehen mußte. »Wir haben schon überzogen. Hat sonst jemand eine Frage in Bezug auf Verhütung und Kondome?« Keiner der Teilnehmer sagte etwas. »Gut, dann wollen wir es für heute gut sein lassen.«

Erleichtert verabschiedete Ellen die Teilnehmer und zog sich in ihr Büro zurück. Sie war erschöpft. Die letzte Nacht hatte ihr doch ziemlich zugesetzt, und sie überlegte kurz, ob sie sich nicht zu einem Nickerchen hinreißen lassen sollte.

Sie schloß die Augen, doch sie wollte nicht einschlafen. In Gedanken ging sie die Anmeldungen der letzten Wochen durch, doch diese waren zu umfangreich, um zu entscheiden, wer den freigewordenen Platz in der Gruppe einnehmen sollte. So stand sie auf, holte ihre Unterlagen und begann, die Liste samt den entsprechenden Notizen, die sie gemacht hatte, durchzugehen.

»So, wen haben wir denn da alles?« flüsterte sie zu sich selbst. »Auf Platz eins: Marc Siskovic, ein Pädophiler; auf Platz zwei: eine Frau, Sue Brennan, die von ihrem Mann angemeldet wurde, weil sie keinen Sex mehr will; auf Platz drei: das Ehepaar Charly und Kate Salenger, das seit ihrem ersten Kind ein gestörtes Sexualleben hat.« Ellen begann, die weiteren Namen zu überfliegen und hielt plötzlich bei Platz fünfundzwanzig inne: Hier war ein gewisser Norman Williams gelistet, und der hatte ein ganz aktuelles Problem. Ein Schauer durchfuhr sie. Norman Williams war nämlich ein Mann, für den das Fesseln eine Art Lebenszweck geworden war. Der Grund, weshalb er sich angemeldet hatte, war, daß er sehr gerne auch ältere Frauen fesselte und anschließend mit ihnen Geschlechtsverkehr hatte.

Aufgeregt las Ellen weiter: »Er gilt als exzentrisch, aber völlig gewaltlos. Das einzige Negative an ihm ist sein katastrophaler Ruf, aber was macht das schon in New York? Er will freiwillig an diesem Gesprächskreis teilnehmen, weil seine Frau ihn verlassen hat. Die beiden sind aber nicht geschieden, und er will sie unbedingt zurückhaben. Er muß sie über alles lieben. Mit der Teilnehme an dem Therapiekurs signalisiert er den guten Willen.«

Ellen durchfuhr es wie ein Blitz. Dieses Profil paßte genau zu dem Mann, der sie so herrlich verwöhnt hatte. Sie griff zum Hörer, wählte, und am anderen Ende meldete sich eine Stimme.

»Hallo?«

»Hallo, hier ist Ellen Burns von der Old Nicks-Kirche. Sie haben sich für die Teilnahme an einem Gesprächskreis eintragen lassen. Erinnern Sie sich?«

»Und ob ich mich erinnere!«

»In dem laufenden Kreis ist ein Platz freigeworden, den ich Ihnen anbieten möchte. Mr. Williams, Sie schnaufen ja so, ist Ihnen nicht gut?«

»Madam, ich bin am Ficken, und Sie platzen da mitten rein und fragen mich, ob ich an einer Quasselrunde teilnehmen ... oh, ich komme ... oh ... bleiben Sie einen Moment dran, bitte.«

Ellen hielt vor Schreck den Hörer eine ganze Armlänge von ihrem Ohr entfernt. Dieser Hund fickt am frühen Morgen, empörte sie sich zum Spaß und drückte die Muschel wieder ganz fest auf ihr Ohr. Sie vernahm erneut sein Stöhnen, dann das einer Frau. Sie zögerte keinen Moment, daran zu glauben, daß der Ficker am anderen Ende ihr geheimnisvoller Lekker sein könnte, griff sich in den Schritt, und noch ehe sie ihren Lustknopf freilegen konnte, erlag sie den Wogen eines Orgasmus. Der Saft lief ihr an der Innenseite eines Beines hinunter. Sie tauchte einen Finger hinein, führte ihn an ihre Nase und atmete tief durch. »Mösenduft« hatte er den Geruch genannt, und am liebsten würde er Parfüm daraus machen.

»So, jetzt, Lady, also ich komme, ist doch klar.«

»Gut, ich schicke Ihnen die Termine und alles, was Sie wissen müssen, per E-mail. Die Adresse habe ich ja. Dann sehen wir uns bald. Auf Wiedersehen, und entschuldigen Sie die Störung.«

Verdammt, sinnierte sie, das könnte er gewesen sein! Mein Unbekannter vögelt vormittags, und abends geht er zum Lecken. Stimme, Sprache und die Umstände passen zwar nicht ins Bild, aber wer weiß, wie er sich verstellt, wenn er durch die Maske spricht und nicht ein Flittchen bedient, sondern eine gereifte Frau wie mich?

Kaum hatte Ellen nach Feierabend zu Hause die Tür hinter sich geschlossen und sich ein wenig erschöpft auf ihr Sofa fallen lassen, da klingelte auch schon ihr Telefon.

»Hallo, Mrs. Burns.«

»Hallo, Mr. Unbekannt, ob Sie mir glauben oder nicht, aber ich mußte gerade an Sie denken«, erwiderte Ellen aufgeregt.

»Mrs. Burns, Sie haben bestimmt nichts dagegen, wenn wir uns heute abend um zehn bei mir treffen würden?« sagte der Unbekannte mit bekannt verstellter Stimme. »Oder haben Sie schon etwas anderes vor?«

»Nein.«

»Gut, dann bis heute abend.«

Ellen hatte ihr Handy noch in der Hand, da begann es, in ihrem Unterleib zu toben. Was hatte der Unbekannte nur für eine magische Kraft? Ein einziges Wort genügte, um sie butterweich werden zu lassen, ein zweites war ausreichend, um sie zu erotisieren und ein drittes ließ ihr den Saft aus der Möse tropfen. Sie war sich bewußt, wie gefährlich es für sie werden könnte, daß er eine solche Wirkung auf sie ausübte, aber sie wußte auch, daß es längst zu spät war, sich seiner Faszination zu entziehen.

IV

Das Jucken ihrer Muschi wurde stärker, je mehr sich der Abend näherte. Es machte sie fast wahnsinnig, diesem Mann auf eine solche Art ausgeliefert zu sein, und das Schlimmste und Reizvollste zugleich war, daß sie nicht den leisesten Schimmer hatte, welche Person, nein, Persönlichkeit, sich dahinter verbarg.

Sie nahm sich vor, auch an diesem Abend wachsam zu sein und auf jede Kleinigkeit zu achten, die seine Identität verraten könnte. Bei diesen Gedanken wurde ihr allerdings auch bewußt, daß in dem Moment, in dem sie seine Person erkennen würde, alles vorbei sein würde. Alles: Der Reiz des Anonymen, Unbekannten, der Kitzel der Gefahr, der sie sich aussetzte, die Angst, die sie nie ganz losgelassen hatte, solange sie in diesem unheimlichen Haus gefesselt war. Eben der ganze Kick.

Eine Stunde bevor sie ging, duschte sie noch einmal. Sie wollte einfach sauber sein, doch parfümieren wollte sie die erogenen Stellen, die er so liebte, also Achselhöhlen, Nacken und Möse, nicht. Er liebt ja meinen natürlichen Duft, erinnerte sich Ellen und lächelte in den Spiegel im Badezimmer. Sie zog dasselbe an wie beim letzten Date: eine Bluse, einen Rock, einen Büstenhalter. Das einzige, was anders war, war der Slip. Heute bevorzugte sie einen schwarzen Spitzen-String, den sie für besonders erotisierend hielt. Doch halt: Hatte er denn so etwas nötig? Beachtete er solche Nebensächlichkeiten wie das Aussehen eines Slips überhaupt? Diente dieses Stückchen Stoff nicht ausschließlich dazu, ohne Umschweife ausgezogen zu werden? »Trotzdem!« entfuhr es ihr in Gedanken, und sie schlüpfte hinein. Dann machte sie sich auf den Weg. Punkt zehn betrat sie das alte Haus.

»Guten Abend, Mrs. Burns«, wurde sie mit der bekannten Stimme begrüßt. Der Unbekannte trug wieder diese Maske und den schwarzen Latexanzug, und bevor Ellen den Mann richtig zu Gesicht bekommen hatte, band er ihr wieder das Tuch um die Augen. Er führte sie zur Wand, wo die Fesseln angebracht waren, und fixierte sogleich ihre Hände an den Schlaufen. Dann hörte sie, wie er die Tür verriegelte und danach machte er sich daran, ihr Schuhe, Rock und Tanga auszuziehen. Und noch bevor Ellen realisierte, was jetzt folgen würde, hatte er ihre Füße an der Wand festgemacht. Nun löste er ihre Hände, so daß er sie auch obenherum ausziehen konnte.

Als Ellen seine Zunge an einer ihrer Zehen spürte, bekam sie schon die ersten Wallungen. Er hatte noch gar nicht richtig angefangen, da spürte sie, wie ihr das Blut in die Schamlippen schoß. Seine Lippen tänzelten zwischen ihren Zehen, wanderten über ihren Knöchel und berührten wie von Geisterhand die feinen Haare an ihren Beinen. Seine Zunge begann zu fächeln, wühlte sich durch ebendiese Haare, passierte ihre bebende Fotze und wanderte weiter nach oben bis zu ihrem Bauchnabel. Sie tauchte in die Nabelgrube und verweilte dort für einen Moment. Dann spürte Ellen etwas Nasses. Der Unbekannte hatte ihren Nabel mit seinem Speichel überschwemmt und ließ nun seine Zungenspitze in diesem kleinen See kreisen. Ellen begann zu stöhnen, obwohl sie für einen weiteren Augenblick ganz nüchtern blieb. Er tut etwas, resümierte sie, was viele Männer vor ihm auch schon getan hatten, und trotzdem brachte er es fertig, innerhalb von Sekunden einen Vulkan in ihr zum Ausbruch zu bringen. Wo hat dieser Mann nur diese geheimnisvolle Ausstrahlung her? Umgab ihn eine Aura, in der sie gefangen war? Arbeitete er vielleicht sogar mit Geruchsstoffen, die ihre Sinne benebelten? Sie konnte sich keinen Reim darauf machen.

Ellen spürte kurz darauf, wie seine Zunge ihre rechte Achselhöhle erreichte, doch anstatt pro forma zu protestieren und zu fordern, diese schweißbildende Fläche zu verlassen, genoß sie ohne Umschweife seine Annäherung. Es war ihr höchst angenehm, ihn gerade dort schnüffeln und lecken zu lassen, und es machte sie ungeheuerlich an. Sie schien in dem Unangenehmen und Verbotenen einen Reiz entdeckt zu haben. Merkwürdig! So etwas war ihr noch nie widerfahren.

Als ihr der Saft bereits aus der Spalte tropfte, herrschte sie ihn an: »Massier meine Titten! Knet sie, leck sie!« Sie mochte es, wenn ein Mann nicht nur ihre Brüste küßte und leckte, sondern auch gleichzeitig massierte. Und wenn Brüste dazu einluden, dann waren es solche, wie Ellen sie hatte: groß, schwer und trotzdem fest. »Faß endlich richtig zu, drück sie, quetsch sie, bis ich schreie! Los, mach schon! Ich halte das sonst nicht mehr aus.«

Doch der Unbekannte blieb bei seiner Art, ihre Titten zu liebkosen. Er streichelte sie, drückte und küßte sie, saugte an ihnen, aber er quetschte sie nicht, bis es Ellen schmerzte.

Ellen nahm sein Verhalten mit Ungeduld zur Kenntnis. Was ist das nur für ein Typ? schoß es ihr durch den Kopf.

»Magst du meine Möpse nicht?« fragte sie ihn in ihrer Erregung, aber er antwortete nicht. Er fuhr unbeirrt fort, wie er begonnen hatte. Plötzlich schien er vier Hände zu haben, denn sowohl ihre Fuß- als auch ihre Handfesseln wurden fast gleichzeitig gelöst.

»Schon fertig?« reagierte Ellen enttäuscht und verärgert zugleich.

Der Unbekannte drehte sie um, und legte die Fesseln an Ellens Fuß- und Handgelenken wieder an. Nun stand sie mit dem Gesicht zur Wand. Da die Fesseln nicht genügend Freiraum zwischen ihrem nackten Körper und der Mauer boten, mußte sie ihren Kopf zur Seite drehen, sonst wäre ihre Nasenspitze an die Mauer gedrückt worden, und sie hätte den Geruch der Backsteine und des Mörtels riechen müssen. Ihre großen Brüste wurden hingegen an diese kalte Mauer gepreßt. Für Ellen war es ein prickelndes Gefühl, die kalte, nackte Mauer an ihren erregten, angeschwollen Brustwarzen zu spüren.

Der Unbekannte küßte und leckte ihre Waden, fuhr danach mit der Zunge weiter nach oben zu ihrem Hintern, küßte jede Pobacke einmal, fuhr anschließend das linke Bein nach unten bis zur Wade. An den Kniekehlen hatte Ellen nicht so starken Haarwuchs. Deshalb verweilte seine Zunge hier besonders lange.

Für wenige Sekunden spürte Ellen weder Zunge noch Lippen, und sie ahnte, daß er etwas mit ihr vorhatte. Sie spürte plötzlich seine Hände an ihrem Po, dann seine Lippen und immer wieder seine nassen Küsse. Dann legte der Unbekannte je eine Hand auf ihre Pobacken, packte zielstrebig und kräftig, aber nicht roh zu und zog die beiden Hälften auseinander. Seine Zunge begann, in ihrer geöffneten Pospalte zu tanzen, und nur Sekunden später hatte sie auch schon ihre Rosette erreicht. Ellen stöhnte schwach auf.

»Oh, du leckst sogar meinen Arsch. Schön, das hat bei mir noch nie ein Mann gemacht«, lobte sie ihn.

An der Rosette war sie besonders empfindlich. Der Lustfaktor war nicht so groß wie an der Vagina oder an den Füßen. Trotzdem, der Hintereingang war ein sehr sensibler, höchst reizbarer Punkt ihres Körpers.

Der Unbekannte züngelte direkt in den Falten ihres Afters, versuchte, mit der Zungenspitze in den braunen Krater einzudringen, benetzte dabei mit seinem Speichel die ganze Pospalte und knetete mit seinen Händen ihre Hemisphären, diese wunderbaren fleischigen, festen Halbkugeln. Ellen hatte es bisher noch nie zugelassen, daß einer ihrer Liebhaber so sehr in ihren intimsten Bereich vordrang, doch hier dachte sie nicht nur nicht daran, ihm Einhalt zu gebieten, sie genoß vielmehr in vollen Zügen die unbekannten Lustgefühle, die von ihrem Anus ausgingen. Sie erlebte eine Facette der Erotik, die ihr bislang verborgen geblieben war, und das sorgte dafür, daß Ellen es vor Geilheit kaum noch aushielt. Doch anstatt zielstrebig auf einen Orgasmus zuzuarbeiten, unterbrach der Unbekannte sein Liebesspiel. Ausgerechnet jetzt!

Sie merkte nämlich, daß er die Hand- und Fußfesseln abnahm. Er dirigierte sie einen halben Meter von der Wand weg, drehte sie und stellte sie gleich wieder mit dem Rücken vor die Wand. Danach legte er ihr die Fesseln wieder an.

Lustvoll stöhnte Ellen auf, als der Unbekannte ihre feuchte, heiße, frisch rasierte, offene Muschel küßte. Er saugte ihre Schamlippen ein, bis sein Mund gefüllt war, dann wühlte er mit seiner Zunge darin herum, ließ los, saugte sie erneut ein und wiederholte das Spiel, bis Ellen vor Lust zu schreien begann. Dann trieb er seine Zunge zielstrebig in ihre Fotzenöffnung.

»Ja, leck meine Fotze ... ja, darauf habe ich mich den ganzen Tag gefreut. Stoß tief hinein! Tiefer, so tief es nur geht«, stöhnte sie lustvoll.

Sie spürte, wie seine Zunge sich in ihrer gierigen Lustgrotte flink bewegte. Ganze fünf Minuten fickte er sie auf diese Weise, und als sie begann, immer mehr Schleim abzusondern, ließ der Unbekannte von ihr ab, strich mit seiner Zunge nach oben zu ihrem Kitzler, saugte diesen ein wie vorher ihre Schamlippen und nuckelte daran wie an einem Stück Konfekt.

Ellen bebte. Ihr Orgasmus kam unaufhaltsam näher, und während der Unbekannte immer wilder mit ihrer Lustperle spielte, verkrampfte sie sich wie in einem Stakkato, aber dann schienen sich alle Muskeln zu entspannen. Ihr Fotze öffnete sich, und an ihrem Eingang bahnte sich eine Überschwemmung an, wie sie Ellen noch nicht erlebt hatte. Aus Büchern und von den Erzählungen ihrer Kursteilnehmer wußte sie von einer weiblichen Ejakulation, jetzt hatte sie sie selbst. Als könnte sie ihr Wasser nicht halten, schossen wahre Fontänen aus den Falten ihres Fotzeneingangs. Ellen schrie und weinte zugleich. Es war ihr, als würde sich ein Riesenschmerz in Wohlbefinden verwandeln.

Der Unbekannte leckte alles auf, als wäre es sein Lebenselixier. Ellen hing inzwischen schlaff in ihren Fesseln, und der Unbekannte leckte und leckte und leckte. Sie konnte schon nicht mehr unterscheiden, ob die Berührung seiner Zunge einen Schmerz oder Lustgefühle bewirkte, sie wußte nur, daß seine Berührungen verhinderten, daß sich ihr Orgasmus abschwächte. Erst als sich Ellen etwas erholt hatte, löste er die Fesseln an ihren Fußgelenken. Und wie beim letzten Date zog er sie wieder an. Als er ihr den Slip, den Rock und die Schuhe angezogen hatte, löste er die Fesseln an ihren Handgelenken, danach verpackte er ihre großen Brüste in ihrem Büstenhalter und zog ihr die Bluse an. Er führte sie nach draußen und nahm das Tuch von ihren Augen.

Rasch drehte sich Ellen um, aber sie konnte nur

noch sehen, wie die Tür ins Schloß fiel. Er ist so unheimlich vorsichtig, dachte sie. Warum macht der Typ nie einen Fehler? Eiligen Schrittes ging sie zu ihrem Wagen. Die Wogen ihres Orgasmus waren noch immer nicht gänzlich verschwunden.

Zuhause setzte sie sich vor den Fernseher und goß sich ein Glas Wein ein. Das Programm interessierte sie überhaupt nicht. Sie starrte nur auf den Bildschirm, und vor ihrem geistigen Auge sah sie niemand anderen als einen unbekannten Maskierten, der mit einer Riesenzunge in ihre Rosette und ihre Fotze stieß. Das einzige, was sie beschäftigte, war die Frage, wann er sie endlich richtig ficken würde.

Das Klingeln des Handys riß sie aus ihren Gedanken, und sie erkannte auch sofort die Nummer auf dem Display.

»Hallo, Mr. Unbekannt! Lust auf Telefonsex?« flötete sie in den Apparat.

»Nein, Mrs. Burns. Ich wollte mich nur vergewissern, ob Ihnen auch dieses Date gefallen hat.«

»Sie wollen nur wissen, ob es mir diesmal *gefallen* hat?« fragte sie leicht enttäuscht.

»Ja«, antwortete der Unbekannte.

»Nun, es hat mir sehr gut *gefallen*. Außerordentlich gut, wirklich.«

»Besser als das letzte Mal?«

»Das kann ich nicht sagen. Aber daß Sie mir die Rosette geleckt haben, das fand ich sehr geil«, betonte Ellen und wurde leicht erregt. »Hat Ihnen der Geruch meiner Rosette nichts ausgemacht?«

»Der Geruch? Überhaupt nichts.«

»Und der Geschmack?«

»Alles hat seinen eigenen Geschmack. Ich muß sagen, daß sie eher bitter geschmeckt hat.«

Danach verstummte für Sekunden das Gespräch.

»Wie wäre es, wenn wir uns gleich morgen abend wieder treffen würden?« fragte der Unbekannte.

»Mit Vergnügen! Haben Sie wieder etwas Neues mit mir vor? Werden Sie mich wieder überraschen?«

»Ich bin immer für eine Überraschung gut, das wissen Sie doch! Dann treffen wir uns also morgen abend wieder um die gleiche Zeit bei mir.«

Der Unbekannte hatte aufgelegt. Ellen war aufgeregt wie ein junges Mädchen. Sie nippte an ihrem Wein und malte sich aus, wie es sein wird, wenn sie sich morgen wieder zu diesem Unbekannten begibt, um sich von ihm zum Orgasmus lecken zu lassen.

Ist das nicht ein wenig zuviel? fragte sie sich. Sollte ich nicht einmal einen Tag auslassen? Nein! Nein, um Gottes willen, nein, schrie sie innerlich auf, und im gleichen Augenblick wurde ihr bewußt, daß sie auf dem besten Weg war, süchtig nach ihm zu werden. Zu stark war ihr Bedürfnis, sich von diesem Zauberer befriedigen zu lassen. Eigentlich, so folgerte sie, war sie auch nicht besser als ihre Gesprächsteilnehmer. Wie Denise Davis zum Beispiel, die mit dem Ausziehen in der Öffentlichkeit aufhören mußte, so mußte auch Ellen die Beziehung mit diesem Unbekannten beenden. Und wenn sie dazu Hilfe brauchte? Sollte sie sich einer Behandlung bei einer Therapeutin unterziehen? Das war absurd, das stellte alles auf den Kopf. Sie, die Mutter von Old Nick, muß sich in die Hände eines Seelenklempners begeben! Allein der Gedanke verursachte ihr stechende Schmerzen. Vielleicht löste sich das Problem beim nächsten Date doch von allein!

Abgesehen von der Abhängigkeit, in die sie zu geraten drohte, sah sie in jedem Rendezvous auch eine Möglichkeit mehr, etwas von dem Unbekannten zu erfahren. Und immer wieder stellte sie sich die Frage, ob der Unbekannte wirklich aus ihrer Quasselgruppe stammte. Je mehr sie darüber nachdachte, desto mehr vermutete sie aber, daß der Wohltäter nicht ein Teilnehmer war, sondern ein Fremder. Der einzige aus ihrer Kartei, der von seinen Neigungen her besehen wirklich in Betracht kam, war Norman Williams. Er war ein Mann, der die Fesselkunst beherrschte, mit Frauen und Mädchen Sex hatte und die schönsten davon regelrecht verwöhnte. Er war es auf jeden Fall wert, noch einmal genauer betrachtet zu werden.

Wie eine Besessene las Ellen das Personalblatt dieses Norman Williams. Norman war bereits vor vier Jahren schon einmal in der Therapie und beendete sie nach etwa einem halben Jahr. Sie überflog die allgemeinen Daten und vertiefte sich in ihre eigenen Angaben, die sie zur ‚Diagnose' gemacht hatte. Eigenartigerweise war seine Anschrift durchgestrichen und nicht korrigiert worden. So konnte sie nicht einmal in Erfahrung bringen, ob er das Haus des Unbekannten bewohnte oder nicht. Auch die anderen Ausführungen waren so gut wie wertlos, und Ellen entschloß sich, Normans erste Stunde bei ihr abzuwarten und ihn, falls nötig, in ein Privatgespräch nach der Gruppenstunde zu verwickeln. Im Grunde hatte sie nicht den geringsten Hinweis, wer Mr. Unbekannt war. Das Haus auf dem alten Fabrikgelände hätte schließlich jeder anmieten können. Nur Paare waren aller Wahrscheinlichkeit nach davon ausgenommen, denn welche Frau wollte schon in so einem heruntergekommenen Schuppen wohnen?

V

Ellen war pünktlich gewesen, und als der Unbekannte sie eingelassen hatte, führte er sie wieder in den von nur wenigen Kerzen erhellten Raum. Jetzt stand er hinter ihr und verband ihr die Augen. Das Verbinden der Augen glich einem geheimnisvollen Ritual, und Ellen spürte abermals, daß von dieser Person etwas Unheimliches ausging. Es war, als hätte er die Aura eines Außerirdischen. Sie konnte sich nicht erklären, was es war; sie fühlte sie nur und spürte, wie sie auf sie wirkte. Unfähig jeglicher Reaktion ließ sie sich von ihm langsam ausziehen und an die Wand fesseln.

Als sie aus diesem betäubenden Zustand erwachte, spürte sie schon seine Zunge am großen Zeh ihres linken Fußes. Innerhalb weniger Sekunden war sie in diese unbeschreibliche Gefühlswelt eingetaucht, der sie sich nicht erwehren konnte.

Der Unbekannte lutschte jede einzelne Zehe, und schon bekam sie ihre ersten Wallungen. Dann glitt er mit der Zunge über den rechten Fuß, das Bein empor, überwand den Oberschenkel und gelangte zum Bauchnabel. Dort bohrte er seine Zungenspitze in die kleine Vertiefung und ließ sie kreisen, berührte dabei ihre Haut abwechselnd ganz fest, dann wieder ungemein sanft, daß ihr nur die Härchen auf ihrer Haut kitzelten. Als Ellen aufstöhnte, verließ er ihren Nabel und begab sich auf den Weg zu ihren Titten. Er wühlte sich zwischen ihre Brüste, verweilte dort nur kurz und wandte sich ihrem Hals zu. Ellen war erregt wie beim ersten Date. Sie konnte sich selbst nicht erklären, warum sein Zungenspiel so sehr auf sie wirkte. Es war doch nur eine Zunge, oder? Aber wie der Zauberer, dieser Mr. Unbekannt, sie einsetzte, das mußte etwas Magisches beinhalten. Sie jedenfalls konnte sich diese fatale Wirkung nicht erklären.

Während sie sinnierte und seine Zärtlichkeiten genoß, spürte sie, wie seine Zunge über ihre Hände und Arme glitt und in ihren Achselhöhlen verweilte.

Er leckt wieder meinen Achselschweiß auf, das Schwein, dachte sie. Doch auch wenn sie sich solcher Gedanken bediente, wollte sie auch an dieser Stelle ihres Körpers nicht auf seine Liebkosungen verzichten. Gerade das intensive Auslecken ihrer Achselhöhlen empfand sie als etwas Frivoles, Freches, Peinliches, ja, ungemein Intimes, und sofort begannen ihre Wallungen, ihren hochsensibiliserten Körper zu überschwemmen.

Dann nuckelte er für lange Sekunden an ihren Brüsten, und als Ellen begann, die Kontrolle über ihren krampfenden Körper zu verlieren, kniete er sich vor sie und stieß seine feuchte Zunge in ihre blankrasierte Ritze. Ellen hatte keine Veranlassung, ihn anzuweisen, wo er sie denn lecken sollte. Der Unbekannte spulte sein Programm herunter, als leckte er nach einer Regieanweisung, und Ellen erduldete, ertrug und genoß alles, was er tat. Es tat so verdammt gut, sich von ihm verwöhnen zu lassen.

Sanft küßte er ihre großen Schamlippen. Es dauerte nicht lange, da öffnete sich auch schon die Pforte von ganz alleine, und der Unbekannte konnte mit seiner feuchten Zunge abermals in diese nasse Lustgrotte eindringen. Er leckte ihre Muschel innen und außen, und Ellen fing an, stärker zu stöhnen. Gleichzeitig massierte er ihre Arschbacken. Sie wußte nicht, was im Moment die schöneren Gefühle verursachte, das Lecken ihrer Labien oder das Kneten und das fast schmerzhafte Hineinkrallen in ihre Pobacken.

Ellen stand kurz vor einem Orgasmus. Doch als sich die Wogen schon so verstärkt hatten, daß sie greifbar schienen, ließ er von ihr ab, daß sie kurz aufschrie. »Hör nicht auf, bitte, hör nicht auf! Ich komme doch gleich.«

Doch der Unbekannte hörte nicht auf sie. Er dachte nicht daran, auf ihr Flehen einzugehen, sondern setzte sein Programm fort. Er löste die Hand- und Fußfesseln, drehte sie zur Wand und legte die Fesseln wieder an. Wieder mußte Ellen ihren Kopf zur Seite drehen, denn wieder waren ihre großen Brüste an die kalte Mauer gepreßt. Wieder wurden ihre Brustwarzen durch die Kälte der Mauer mit dieser Mischung aus Schmerz und Lust erregt.

Und wieder schien seine ganze Aufmerksamkeit ihrem Po zu gelten. Wie ein Besessener küßte er ihre Backen, krallte sich ganz zärtlich darin fest und fuhr mit seiner Zunge direkt in die Kerbe zwischen den beiden Hälften. Er blieb im oberen Drittel, leckte die

Haut, biß ganz leicht in ihr Fleisch und knetete die Fleischkugeln unentwegt. Ellen gefiel das, obwohl sie befürchtete, daß er tiefer bis zu ihrem Anus vordringen würde. Und das wollte sie heute einfach nicht. Analverkehr hatte sie ja schon ein paarmal gehabt, ohne besonders begeistert davon zu sein, aber die schwitzige Arschkerbe runter bis zu ihrer Rosette lekken zu lassen, das war etwas, das weit über ihre gewohnte Gefühlsebene hinausging.

Doch das Unvermeidliche bahnte sich an. Der Unbekannte machte noch einen Anlauf, riß ihre beiden Pobacken auseinander, daß ihre gesamte Spalte von oben bis zum Damm bloß lag, und setzte seine fächelnde Zunge an. Zentimeter für Zentimeter arbeitete er sich nach unten, nahm dabei ihren Schweiß auf und leckte, als ginge es ums Überleben. Ellen stöhnte auf. Natürlich hatten seine Zärtlichkeiten ihren Reiz, und bei aller Peinlichkeit, die sie ergriffen hatte, hielt sie ganz still und genoß die flatternde Zungenspitze. Schon näherte sie sich ihrem Anus, und wie schon beim letzten Mal kam es ihr wie eine Erlösung vor, als er endlich mit seinem fleischigen Muskel in die faltige Öffnung hineinstieß.

Ellen hoffte, daß er sie dort zum Orgasmus lecken würde, aber seine Strategie war eine ganz andere. Nachdem ihr Unterleib bereits angefangen hatte, rhythmisch zu zucken, fuhr seine Zunge ihren Rükken hoch, dann ließ er abrupt von ihr ab. Mit zwei Handgriffen löste er ihre Fesseln, drehte sie um, so daß sie mit dem Rücken zur Wand stand, und begann, ihre triefende Fotze mit den Fingern zu bearbeiten. Er trieb ihr einen Finger in den glitschigen Tunnel, dann einen zweiten und einen dritten und begann, sie gemächlich damit zu ficken.

Er rammte die drei Finger bis zum Anschlag hinein, zog sie langsam heraus, trieb sie wieder hinein. Und Ellen verging vor Lust, aber sie wollte mehr. Sie wünschte sich, schneller gestoßen zu werden. Ja, schneller und härter. Aber er begann statt dessen, die Finger in ihrer Grotte rotieren zu lassen. Dabei berührte sein Daumen außen immer wieder ihren Kitzler, so daß sich Ellen merklich einem großen Orgasmus näherte. Sie mußte aufstöhnen, fing an, kaum hörbar zu jammern und bebte am ganzen Leib. Dieser Meister der Liebkosung hatte sie soweit. Gleich würde sie innerlich explodieren. Sie würde sich mit allen Muskeln verkrampfen, die Säfte in ihr würden fließen, und dieses herrliche Gefühl würde sie überkommen und in eine andere Gefühlswelt tragen.

»Oh, ja«, stöhnte Ellen. »Hör nicht auf jetzt. Es kommt mir, bitte mach weiter so. Ja, jetzt kommt es, jetzt komme ich, jaaaa, jaaaah.« Dann erlag sie ihren Lustgefühlen. Der Unbekannte fickte sie weiter mit seinen drei Fingern, dann zog er sich langsam aus ihr zurück.

»Das war gut«, sagte sie erschöpft.

Der Unbekannte löste ihr die Fesseln an den Fußgelenken und zog ihr den schwarzen Slip, ihren Rock und ihre Schuhe an, bevor er auch die Fesseln an den Handgelenken löste. Dann zog er sie auch obenherum an und führte sie nach draußen.

»Mr. Unbekannt, glauben Sie nicht, daß es langsam an der Zeit ist, mir zu sagen, wem ich dieses wunderbare Vergnügen zu verdanken habe? Wie heißen Sie? Daniel Norris? Josh Mason? Norman Williams?« fragte sie.

»Was nützt es Ihnen, wenn Sie wissen, wer ich bin? Wollen Sie unsere Beziehung beenden? Das klang am Telefon nicht so, und auch jetzt habe ich den Eindruck, daß Ihnen meine Behandlung gefallen hat. Warum also drängeln Sie?«

»Können Sie das nicht verstehen?«

»Natürlich kann ich das verstehen, aber es ist sinnlos. Es beendet alles!«

Das sah Ellen ein, ja, es war logisch. Wenn er sich zu erkennen gäbe, müßte es mit dem Teufel zugehen, wenn alles so bliebe wie bisher.

Sie versuchte noch schnell, nach hinten zu sehen, nachdem der Unbekannte ihr das Tuch von den Augen genommen hatte. Doch auch diesmal konnte sie nichts entdecken, was einen Hinweis auf seine Identität geliefert hätte. Sie konnte nur noch hören, wie er die Tür abschloß. Sie blieb noch einen Moment stehen, dann ging sie zu ihrem Auto. Der Unbekannte ließ ihr auch nach dem dritten Date nicht die geringste Chance.

Es war schon Mitternacht vorbei, als sie zu Hause ankam. Da sie noch immer zwischen den Beinen naß war, entschloß sie sich, noch ganz kurz zu duschen.

Sie nahm ein frisches Nachthemd und das Handy mit ins Badezimmer. Letzteres für alle Fälle, denn es würde sie wundern, wenn ihr unbekannter Lover nicht gleich anrufen würde.

Ellen hatte gerade das Duschgel von ihrem Körper gespült, als es klingelte. Sie zog den Duschvorhang zur Seite und angelte sich das Handy.

»Hallo, Mrs. Burns«, hörte sie die vertraute Stimme des Unbekannten.

»Ich dachte mir schon, daß Sie noch anrufen würden. Wollen Sie mich fragen, ob ich es auch diesmal *genossen* habe?« fragte Ellen ihn direkt.

»Ja, unter anderem.«

»Oder haben Sie etwa Lust auf Telefonsex?«

»Von mir aus, wenn Sie das befriedigt«, antwortet er fast ein wenig lakonisch.

»Wirklich?«

»Ja.«

»Wollen Sie wirklich richtig mitmachen?« tat Ellen erstaunt.

»Nein, natürlich nicht, aber ich kann Sie ja trotzdem heiß machen, wenn es Ihnen Spaß macht«, erwiderte der Unbekannte.

»Na sicher. Und wie mir das Spaß machen würde! Wissen Sie, ich komme gerade frisch geduscht aus der Kabine und habe mich noch nicht einmal abtrocknen können. Ich bin also splitternackt und bereit, ein bißchen mit meinem Körper zu spielen. Und soll ich Ihnen was sagen? Ich bin sogar schon ein bißchen erregt.«

»Trocknen Sie sich erst einmal ab.«

»Mir wäre es lieber, wenn Sie mich trockenlecken könnten. Ich bin ja nicht nur auf der Haut naß. Meine Möse hat eine wahre Überschwemmung!«

»Na, dann sollten Sie jetzt erst einmal Ihre Beine spreizen«, empfahl der Unbekannte jetzt. »Stehen Sie, Mrs. Burns? Denn so könnten Sie das Gefühl haben, Sie wären bei mir, und ich würde Sie verwöhnen.«

»Ja, ich stehe«, antwortete Ellen.

»Gut. Jetzt massieren Sie Ihre großen, schönen Brüste.«

Ellen zögerte keine Sekunde und fing an, mit der linken Hand abwechselnd die rechte und die linke Brust zu massieren.

»Jetzt massieren Sie nur die Brustwarzen«, war der nächste Befehl.

Als Ellen ihre Brustwarzen massierte, breitete sich ein süßer Krampf in ihren Unterleib aus.

»Ist Ihr Kitzler schon geschwollen?«

»Ja, er ist ganz groß.«

»Gut. Legen sie ihn frei, bis die Perle ganz nach außen gedrückt ist. Dann fangen Sie an, ihn ganz sanft zu reiben. Tauchen Sie Ihren Finger in Ihre nasse Fotze und holen Sie sich etwas Feuchtigkeit.«

»Ja, habe ich, habe ich. Er ist schon ganz groß … und naß.«

»Nicht ungeduldig werden, Mrs. Burns! So, jetzt reiben Sie ihn ganz zärtlich. Auch wenn Sie mehr Druck haben wollen, führen Sie Ihre Fingerspitzen nur ganz sanft darüber. Nur nicht so fest drücken. Ich will, daß

Sie sich selbst richtig geil machen.«

»Sie wissen nicht, wie geil ich schon bin. Sie verweigern mir ja Ihren Schwanz bei unseren Dates. Da dürfen Sie sich nicht wundern, wenn ich dauergeil bin.«

»Sie bekommen ihn schon noch. Und viel mehr!«

Was bedeutete mehr? Was gab es schon viel mehr als einen Schwanz? Zwei Schwänze, okay. Rasch fing Ellen an, ihre Klitoris zu massieren.

»Was heißt *und viel mehr*?« fragte sie neugierig.

»Ich sagte Ihnen doch, Sie sollten nicht so ungeduldig sein.«

»Alles klar«, antwortete sie mit einem schwachen Stöhnen.

»Fühlen Sie, daß Ihre Schamlippen anschwellen und nach mehr verlangen?«

»Ja!« konnte Ellen nur hauchen.

Und wie ihre Labien angeschwollen waren! Sie war doch kein Eisblock!

»Schön. Jetzt schieben Sie Mittelfinger und Zeigefinger in Ihre offene Fotze.«

Lustvoll stöhnte sie auf, als sie die beiden Finger in ihre Möse schob.

»Sind jetzt beide Finger ganz in Ihrer Scheide?«

»Ja.«

»Bewegen Sie Ihre Finger rein und raus. Ficken Sie sich damit!«

Ellen gehorchte und bewegte ihre Finger in ihrer Lustgrotte rein und raus. So wild hatte sie noch nie masturbiert. Dabei stöhnte sie unaufhörlich ins Telefon. Es dauerte nicht einmal zwei Minuten, bis Ellen von einem alles erschütternden Orgasmus überwältigt wurde.

»Oh Mann, das war gut«, sagte Ellen atemlos, nachdem sie ihre verschleimten Finger aus ihrer Vagina gezogen hatte. Obwohl sie nach einem solchen Orgasmus ein gutes Gefühl hätte haben müssen, empfand sie eine gehörige Portion Scham. So freizügig hatte sie es noch nie getrieben. Nicht allein und nicht mit einem Partner.

Ihre Körperhaut war inzwischen fast trocken, und sie fröstelte ein wenig. Und sie war hundemüde. Die kleine Orgie mit sich selbst hatte sie ganz schön mitgenommen.

»Mr. Unbekannt, mir ist ziemlich kalt, ich bin immer noch splitternackt. Kann ich mir vielleicht schnell einen Bademantel anziehen?« fragte Ellen ganz artig.

»Selbstverständlich, Mrs. Burns. Aber sagen Sie mir bitte erst noch eines: Ihnen hat dieses Telefonat doch Spaß gemacht?«

»Es hätte mir noch mehr Spaß gemacht, wenn Sie Ihre Stimme nicht verstellt hätten.«

»Aber Mrs. Burns! Ich habe meine Stimme nicht verstellt.«

»Das kann nicht sein. Sie hört sich so technisch an, fast ein bißchen blechern.«

»Das ist die Maske, Mrs. Burns. Die Stimme hallt darin wider, dadurch hört sie sich ganz fremd an.«

»Ach so, ich verstehe. Also ja, das Telefonat hat mir sehr viel Spaß gemacht, um Ihre Frage zu beantworten. Sagen Sie, tragen Sie Ihre Maske jetzt auch in der Telefonzelle?«

»Aber natürlich! Sie wollen mich doch an meiner Stimme wiedererkennen, oder?«

»Ja natürlich. Gute Nacht.«

Was für ein helles Bürschchen, dachte Ellen, als sie aufgelegt hatte. Dieser Typ läßt aber auch nichts anbrennen.

VI

»Einen schönen guten Morgen«, warf Ellen in die Runde und setzte sich in ihren Sessel. »Wir dürfen heute ein neues Gruppenmitglied begrüßen«, sagte sie und deutete mit der rechten Hand auf Norman Williams, der das erste Mal seit über drei Jahren wieder an dieser Gruppe teilnahm. Alle Blicke waren auf ihn gerichtet. »Norman, stellen Sie sich kurz vor und sagen Sie uns, weshalb Sie zu uns gekommen sind«, forderte Ellen den Neuling freundlich auf.

»Nun, wie ich heiße, wissen Sie ja bereits. Ich möchte mich nicht groß vorstellen, wenn das geht?« fragte Norman höflich.

»Ausnahmsweise«, meinte Ellen.

»Natürlich möchten Sie wissen, weshalb ich ein zweites Mal hier an dieser Gruppenstunde teilnehme«, sagte Norman, der die Regeln von Ellens Gesprächsrunde noch gut in Erinnerung hatte. »Vor gut drei Jahren war ich schon einmal hier. Der Grund: Ich habe Frauen, vornehmlich waren es ältere, gefesselt und mit ihnen Geschlechtsverkehr gehabt. Aber da ist einiges schiefgelaufen. Hinterher haben sich nämlich einige der beteiligten Frauen beschwert, und ich habe zunehmend Ärger bekommen und dazu einen saumäßigen Ruf, weil sich mein Verhalten angeblich immer mehr kleinen Vergewaltigungen näherte, was natürlich aus meiner Sicht überhaupt nicht stimmt.«

»Was genau haben Sie mit den Frauen angestellt?« wollte Ellen wissen.

»Ich habe ihren nackten Körper geküßt«, antwortete Norman ruhig und mit einem sympathischen Lächeln.

»Verraten Sie, wo Sie sie geküßt haben?«

»Nein, Mrs. Burns. Ich sage nur, daß diese Frauen immer einen heftigen Orgasmus hatten, wenn ich sie geleckt habe, während sie gefesselt waren.«

»Wie alt waren diese Frauen?« fragte Alice dazwischen.

»Es waren alles Frauen im reifen Alter, das heißt im besten Alter.«

»Sie sind ein Meister des Bondage, nicht wahr?« fragte Ellen, und sofort begann sie zu rätseln, ob dieser Norman ihr großer Zauberer war. Sie resümierte: Er fesselt Frauen, er verwöhnt sie bis zu Höhenpunkt, und er macht einen zwar flapsigen, aber durchaus gebildeten Eindruck – genau wie Mr. Unbekannt. Wörter wie ficken und Fotze wurden von ihm selten, wenn überhaupt, bentzt, und er gibt eine gewisse Zurückhaltung, ja fast eine überzogene Höflichkeit vor. Er entspricht also genau dem Täterprofil. Sollte sie ihm tatsächlich auf die Spur gekommen sein?

»Ja, ich beherrsche Bondage ziemlich gut, und es macht mir einen Höllenspaß. Meine Frau ist mir an sich eine gute Bondage-Partnerin, aber seitdem ich meine Fesselspiele auch mit einigen anderen Frauen treibe, hat sie mich verlassen. Jetzt, da ich sozusagen solo bin, habe ich zwar meine Freiheit, es mit anderen Frauen zu treiben, aber dafür vermisse ich meine Frau Tag für Tag mehr. Nun bin ich hier, um davon loszukommen. Ich hoffe, daß dann meine Frau wieder zurückkommt.«

»Sie sind sich ziemlich sicher, daß Ihnen Ihre Frau verzeiht und zu Ihnen zurückkommt?« wollte Alice von Norman wissen.

»Nicht hundertprozentig. Aber ich bin Optimist.«

»Josh, was halten Sie eigentlich von Bondage?« wandte sich Ellen an Josh Mason.

»Ich habe schon genügend entsprechende Bilder gesehen. Na ja, meistens in Magazinen und Filmen. Das sind alles Models und sehr hübsche Frauen. Da kann man sich schon für interessieren. Meistens zeigen sie hübsche, zierliche Japanerinnen. Bondage ist, wie ich finde, eine richtige Kunst. Ich wünschte, ich würde sie beherrschen«, antwortete Josh ruhig.

Sie wandte den Blick wieder Norman zu. »Haben Sie sich schon Gedanken darüber gemacht, wie Sie ihr Problem lösen könnten?« fragte sie Norman.

»Nein, ehrlich gesagt, noch nicht. Ich hoffe, Sie können mir einen Rat geben. Deswegen bin ich auch wieder hierher gekommen«, erwiderte Norman.

»Haben Sie Ihrer Frau – oder Ex-Frau – mitgeteilt, daß Sie an einer Art Therapie teilnehmen?«

»Ja.«

»Das ist gut, denn dann weiß sie, daß Sie etwas unternehmen, um Ihre Ehe zu retten. Glauben Sie, daß sie gleich wieder zu Ihnen zieht?«

»Ja, vielleicht«, sagte Norman, und in seiner Stimme klang ein starker Zweifel. »Was ich noch dazu sagen muß: Wir sind noch nicht geschieden, nur getrennt.«

»Um so besser!« folgerte Ellen. »Dann müssen Sie diese Chance einfach nutzen.«

»Und wie?«

»Setzen Sie ein Signal. Zeigen Sie ihr, daß Ihre wilde Zeit, in der Sie es andauernd mit anderen Frauen trieben, vorbei ist. Überzeugen Sie sie, daß Sie nur noch die Fesselspiele praktizieren wollen, die auch ihr gefallen. Sie hat doch Spaß daran?«

»Oh ja. Ich weiß noch, daß sie sie mochte, genauso wie die anderen Frauen, die ich kennengelernt habe. Ich habe sie gefesselt, verwöhnt und jedes Spiel mit einem ekstatischen Geschlechtsakt beendet«, berichtete Norman stolz. Ellen sah ein schwaches Lächeln in seinem Gesicht.

»Wenn das so ist«, meinte Ellen, »sollten Sie alle Beziehungen zu den anderen Frauen demonstrativ beenden. Aber nicht die Leidenschaft zum Bondage, denn was Ihre Frau zuvor glücklich gemacht hat, wird sie auch in Zukunft wieder glücklich machen. Was war es eigentlich, das Sie in die Arme der anderen Frauen getrieben hat?«

Norman schaute betroffen und suchte nach einer Antwort.

»Warum taten Sie das? Wollten Sie Ihrer Frau vorführen, wie unerschöpflich Ihre Potenz ist? Wollten Sie ihr zeigen, daß Sie auch bei anderen Frauen Chancen haben? Was haben Sie sich nur dabei gedacht?«

»Nein, Mrs. Burns. Ich hatte eine ganz andere Vorstellung von den Dingen. Ich stellte mir vor, daß es auch meine Frau als Kunst auffassen würde, eine Person, und natürlich war es immer eine Frau, kunstvoll zu fesseln.« Norman hielt inne, seine Gedanken und Motive zu beschreiben. Er blickte in die Runde und sah, wie die anderen Teilnehmer ihn mit Unverständnis ansahen.

»Sehen Sie das wirklich als Kunst an, mit einem gefesselten Mädchen – vielleicht noch vor den Augen Ihrer Frau – Sex zu haben? Bondage ist in gewisser Hinsicht eine Kunst, da gebe ich Ihnen recht, das kommt auf den Standpunkt und das Verständnis an. Aber das andere kann ich nicht richtig nachvollziehen«, sagte Ellen, die ihre Stirn in Falten warf.

»Ich sah – und sehe es immer noch – als Ganzes an, verstehen Sie?«

Ellen schüttelte daraufhin nur den Kopf. »Nein, obwohl ich mir Mühe gebe.«

»Beim Bondage versetze ich mich in eine höhere Ebene«, sagte Norman in der Hoffnung, Ellen würde nun verstehen, was er meinte. Doch dies war nicht so.

»Sorry, Norman, aber ich verstehe Sie immer noch nicht.«

»Kein Problem, meine Frau verstand es auch nicht.«

»Das wiederum verstehe ich.« Ellen schmunzelte. Einen Moment lang sagte niemand etwas.

»War es dasselbe Gefühl, dieselbe Kunst, wenn Sie dies mit Ihrer Frau machten?« fragte sie weiter.

»Ja, natürlich.«

»Dann verstehe ich nicht, weshalb Sie andere Frauen dafür brauchten«, meinte Ellen, die mit einer Reaktion wie *»Sie verstehen ja gar nichts«* rechnete. Doch Norman sagte etwas ganz anderes:

»Eine Frau, die ich kunstvoll gefesselt habe, sehe ich als Kunstwerk an. Und ich muß meine Kunstwerke variieren, verbessern und ausdrucksstärker machen. Dafür brauche ich verschiedene Models. Ein Maler malt ja auch nicht immer die gleiche Landschaft.«

»So viel ich weiß, gibt es viele Fesselvarianten beim Bondage«, räumte Ellen ein.

»Das stimmt, aber trotzdem. Man muß sich verbessern, vielseitiger werden und … ich lasse mich von meiner Kunst herausfordern.«

Ellen atmete kurz durch. »Ich überlege mir gerade, ob es nicht besser wäre, wenn Sie nächstes Mal Ihre Frau in die Gesprächsrunde mitbringen würden.«

»Klar, wenn das geht. Ich kann meine Frau nicht dazu zwingen, aber ich werde mein Bestes geben, um sie hierher zu bekommen. Aber warum wollen Sie meine Frau dabeihaben? Was wollen Sie sie fragen?«

»Ich werde sie über Bondage und über die Ehe befragen. Außerdem möchte ich ihre Meinung hören, was sie davon hält, daß Sie mit anderen Frauen Sex hatten. Keine Sorge, ich werde schon dafür sorgen, daß es für Sie nicht peinlich sein wird.«

Ellen sah kurz auf ihre Armbanduhr. Es war kurz nach halb neun.

»Ist das für Sie in Ordnung, Norman, wenn ich Ihr Thema für heute beende und mich nun den anderen widme?«

»Ist schon okay«, antwortete Norman.

Ellen fragte die anderen Teilnehmer, ob sie zum Thema Bondage noch etwas zu fragen oder zu sagen hätten, aber alle schwiegen. Auch Josh Mason, der auch gerne Frauen mit etwas Gewalt gefügig machte.

»Gut, jetzt würde ich gerne mit Ihnen weitermachen«, fuhr Ellen fort und blickte zu Denise.

Sie lächelte. »Ich war am Donnerstag in einem Swingerclub«, sagte sie triumphierend.

»Echt? Wie war es?« wollte Alice Jones wissen.

»Wirklich toll. Als Frau hatte ich sogar freien Eintritt. Als erstes gab es für alle ein ganz erlesenes Buffet und ein Gläschen Schampus. Das sei der genußvolle Vorgeschmack auf das Bessere, sagte mir der Leiter des Clubs.

Danach konnte man hingehen, wohin man wollte. Es gab über ein Dutzend verschieden eingerichtete Vergnügungsräume, wo man sich bis zu zehnt austoben konnte; es gab ein größeres Badebecken, das nur zum Reinsetzen – oder was auch immer – bestimmt war; ein Fitneßraum mit Schaukeln und so komischen Kreuzen mit Schlaufen dran war auch da, und zuletzt entdeckte ich einen Saunaraum, wo ich übrigens meine erste Swinger-Sex-Erfahrung machte.«

»Erzähl!« sagte Alice aufgeregt, als würde sie auch gerne einmal so etwas ausprobieren wollen.

»Ich setzte mich splitternackt auf eine Bank in diesem Saunaraum. Ich saß nicht mit meinem nackten Hintern auf der Bank, sondern hatte ein hauseigenes Badetuch unter meinem Po ausgebreitet. Dies war eine Hygienevorschrift.

So dasitzend befand ich mich das erste Mal richtig unter eingefleischten Swingern. Alle hatten heiße Unterwäsche an; nicht nur die Frauen, sondern auch die Männer. Nur ich hatte nichts an. Gestört hatte dies jedoch niemand. Ich wurde nur gefragt, ob ich nicht das passende Outfit gefunden hätte.«

»Mensch, Denise, jetzt spann und doch nicht so auf die Folter und komm endlich zur Sache«, polterte Alice dazwischen. Sie schien nicht die einzige zu sein, die von der langatmigen Einleitung genervt war.

Denise zog zwar kurz die Lippen kraus, doch dann plapperte sie weiter: »Also gut, jetzt kommt die eigentliche Geschichte: Irgendwie hielt ich es ohne sexuelle Betätigung nicht mehr aus. Denn in dem Club befanden sich einige Männer, die mich schon vom Anschauen erregten. Bei einem konnte ich mich nicht beherrschen. Er schaute mich ganz herausfordernd an, und nach einigem Zögern, ich war ja neu hier, fragte ich ihn, ob es okay wäre, wenn ich ihm hier und jetzt und vor all den Leuten einen blasen würde. ›Ja sicher, mein Täubchen, mach nur‹, sagte er und zog gleich seinen schnittigen Tarzan-String aus. Erst als ich seine Schwanzspitze ganz im Mund hatte, stellte er mir seine Frau vor, die neben ihm saß. Sie war ziemlich aufregend angezogen: sie trug nur einen String und einen sehr knappen Büstenhalter, der kaum ihre Brustwarzen verdeckte. Während ich die Eichel dieses Mannes lutschte, blickte ich in die Augen seiner Frau. Und das war ein eigenartiges Gefühl. Seine Frau war unwahrscheinlich cool, denn während ich an seiner Stange nuckelte, gab sie mir noch einen Ratschlag: ›Wenn es meinem Mann kommt, wäre es besser, wenn du alles runterschluckst, denn nach den Hausregeln dürfen keine Körperflüssigkeiten herumgespritzt werden, ausgenommen beim *Cumshot-Event* am Sonntag.‹

Ich hab' mich natürlich gleich erkundigt, was das ist. Also: Der *Cumshot-Event* ist eine einstündige Veranstaltung im Swingerclub, wo Männer in einer Reihe stehen und die Frauen den Schwanz wählen können, den sie – so die Spielregel – nach allen Regeln der Kunst bis zum Abspritzen blasen und wichsen müssen …«

»Na, da haben wir ja alle wieder was dazugelernt«, unterbrach Ellen sie, bevor Denise sich wieder in Unwichtigkeiten ergehen konnte. »Und? Haben Sie den Samen dieses Mannes geschluckt?« fragte Ellen nun direkt.

»Nein, soweit kam es nicht. Ich wollte gleichzeitig von ihm geleckt werden. Dieser geile Bock machte das auch, und seine coole Frau – sie war etwa Vierzig oder ein bißchen darunter – fragte mich, ob es mir gefalle. Und bevor ich richtig ja sagen konnte, leckte sie mir auch schon meine Tittchen. Also, ich kann euch sagen, das war richtig geil, vor so einer Gruppe von Leuten hergenommen zu werden.«

»Und zu welchem Ergebnis für sich selbst kommen Sie nach diesem Abend?« wollte Ellen nun von ihr wissen.

»Ich muß sagen, der Besuch im Swingerclub war irgendwie geiler als das Ausziehen in der Öffentlichkeit zuvor. Natürlich kann ich in so einem Club keine Leute mehr überraschen, geschweige den schockieren. Trotzdem ...«

Ellen hatte das Gefühl, endlich richtige Freude in ihren Augen zu sehen. »Das ist ja ein guter Grund, mit dem Exhibitionismus für immer aufzuhören, nicht wahr, Denise?.«

»Ja, ich denke, von meinen Eskapaden komme ich mit Sicherheit weg«, antwortete sie.

»Fangen Sie gleich heute damit an, Denise!«

»Klar, Mrs. Burns. Ich bin auch schon Mitglied im Swingerclub geworden.«

»Und was ist mit Kondomen? Sie schützen sich doch hoffentlich?« fragte Ellen, obwohl sie felsenfest davon überzeugt war, daß sie genau das nicht tat.

»Mrs. Burns, ich weiß, was ich tue«, antwortete Denise. »Es wäre nett, wenn Sie dieses Thema bei mir nicht mehr anschneiden würden.«

»Okay, ich möchte Sie zu nichts zwingen, Denise.« Ellen schaute in die Runde. »Das sind doch schöne Erfolge, nicht wahr? Hat jemand noch eine Frage zu diesem Thema? ... Niemand? Also dann würde ich gerne hören, ob Daniel inzwischen Fortschritte gemacht hat«, sagte Ellen und wandte sich zu ihm.

»Gestern habe ich die Möse von Alice ganz lange

geleckt«, verkündete Daniel stolz.

»Sehr schön, Daniel, Sie konnten sich also dazu überwinden. – Und? hat er es geschafft, Sie oral zu stimulieren?« Ellen blickte jetzt zu Alice.

»Ja, das hat er«, antwortete sie und gab Daniel ein Küßchen auf die Wange. »Er hat mich so heiß gemacht, daß ich ihn regelrecht angebettelt habe, mich endlich zu ficken.«

»Sehr schön«, sagte Ellen. »Und sind Sie dann auch zu einem Orgasmus gekommen?«

»Zu *einem* Orgasmus???« gluckste Alice. »Zu *einem?* Nein, Mrs. Burns, es war eine ganze Flutwelle, die mich mitriß und in den Himmel trug.« Und ihre schwarzen Augen funkelten.

Ellen wandte ihren Blick wieder Daniel zu. »Na, da hören Sie es, wie Ihre Freundin glücklich ist, weil Sie ihre Möse lang genug geleckt haben.«

»Ja, Mrs. Burns. Ich bin Ihnen dankbar für den Rat.«

»Und war das nun so schlimm, ihre Genitalien zu lecken?«

»Eigentlich nicht. Ich hatte mich ja zuvor nicht vor ihrer Möse gefürchtet, sondern nur vor ihren Haaren. Wenn sie die nicht abrasiert hätte, hätte ich ein wirkliches Problem gehabt«, gab Daniel zu bedenken.

»Deshalb rasieren sich ja auch die Frauen dort unten, um problemlos von ihrem Ehemann oder Lover geleckt zu werden.«

»Daniel findet ja auch, daß diese Art des Vorspiels sehr gut für unser Sexleben ist, und wenn ich einmal ehrlich bin, Mrs. Burns, möchte ich das Lecken nicht mehr missen. Nie mehr! Am liebsten würde ich mich jeden Tag von ihm lecken lassen.« Alice geriet ins Schwärmen. »Außerdem will ich unbedingt nachholen, was ich all die Jahre versäumt habe.«

Ellen sah Alice und Daniel kurz abwechselnd an. Nun wandte sie sich Daniel zu und sagte: »Prima, daß das so klappt mit euch zweien. Jetzt laßt uns einen Schritt weitergehen. Versuchen Sie doch einmal, nicht nur die Vulva, sondern den ganzen Körper Ihrer Freundin mit Küssen zu bedecken und zu lecken.«

»Wie, den ganzen Körper? Überall oder was?« fragte Daniel und runzelte die Stirn.

»Ganz genau, Daniel«, antwortete Ellen. »Wissen Sie, wo die erogenen Zonen der Frauen sind?«

Daniel zuckte nur mit den Schultern. »Nein, ja. So genau auch nicht.«

»Wissen Sie überhaupt, was erogene Zonen sind?«

»Na ja, so viel ich gehört habe, sind das so speziell reizbare Stellen bei der Frau.«

Ellen war erleichtert zu hören, daß Daniel wenigstens wußte, was erogene Zonen sind. Denn diesbezüglich hatte sie ganz schlechte Erfahrungen gemacht. Die meisten Männer wollten immer gleich mit ihrem Ständer in die Muschi einfahren. Das Problem war, daß die Mehrzahl der jungen Männer so wie Daniel ständig eine Erektion hat und nur an sich denkt, das heißt, sie will ihren Knüppel schnell versenken. Was mit den Frauen geschieht, interessiert sie vordergründig nicht.

»Daniel, für Sie und die anderen Herren im Raum:

Die erogenen Zonen sind der Nacken, die Handflächen, die Brustwarzen, die Fußsohlen und die empfindliche Haut zwischen den Zehen. Ferner die Innenseiten der Oberschenkel und natürlich die Genitalien. Das sind aber nur die wichtigsten und allgemein bekannten Stellen. Natürlich gibt es noch mehr solcher Zonen. Wenn Sie Ihrer Freundin den Körper von Kopf bis Fuß mit Küssen übersäen und lecken, werden Sie das selber herausfinden, wo sich noch erogene Zonen verbergen.«

»Aber dann werde ich mit dem Vorspiel ja nie fertig«, meinte Daniel.

»Doch das werden Sie. Beim Vorspiel geht es ja nicht um Zeitgewinn. Ganz im Gegenteil. Für das Vorspiel muß man sich Zeit nehmen. Daniel, vergessen Sie Ihre frühere Einstellung zum Sex. Sex ist mehr als nur ein Schwanz-Rein-Raus-Spiel. Guter Sex braucht viel Zeit und Zärtlichkeit. Abgesehen davon kann ich mir sehr gut vorstellen, daß Ihre Freundin Alice einen sehr schönen Körper hat. Da sollte es doch für Sie ein Vergnügen sein, sie von oben bis unten zu liebkosen«, sagte Ellen und wandte den Blick Alice zu. »Oder habe ich nicht recht?«

»Sind beim Mann die erogenen Zonen an denselben Stellen wie bei uns Frauen?« wollte Alice wissen.

»Natürlich. Auch wenn es viele Menschen nicht glauben wollen, daß Männer genauso viele erogene Zonen und diese an denselben Stellen haben wie Frauen. Ich kenne viele Menschen, die nicht wahrhaben wollen, daß ein Mann an den Brustwarzen genauso erregbar ist wie eine Frau.«

»Heißt das, ich soll Daniels Körper genauso verwöhnen wie er meinen?« fragte Alice mit einem leicht verlegenen Lächeln.

»Genau das meine ich. Das wird bestimmt für Sie kein Problem sein, oder? Das Vorspiel beruht auf Gegenseitigkeit«, meinte Ellen.

»Entschuldigung, Mrs. Burns, aber die Zeit ist schon abgelaufen«, warf Norman Williams ungeduldig dazwischen.

»Tatsächlich! Wir haben sogar schon zehn Minuten überzogen. Hat irgend jemand noch etwas zur heutigen Stunde zu fragen oder zu sagen?« fragte Ellen in die Runde, doch niemand meldete sich.

Als die Teilnehmer den Raum verlassen hatten, ging Ellen ins Büro und machte sich Aufzeichnungen über den Ablauf der Gruppenstunde. Plötzlich klingelte das Telefon.

»Hallo, Mrs. Burns. Wir haben gestern kein Date vereinbart«, sagte der Unbekannte.

»Ich habe gewußt, daß Sie heute deswegen anrufen«, sagte Ellen, deren Herz augenblicklich zu rasen begann.

»Wenn Sie nicht wollen, müssen Sie es sagen.«

Ellen überlegte: Eigentlich wäre jetzt der Zeitpunkt, nein zu sagen. Wenn es am schönsten ist, soll man sowieso aufhören. Und das, was der Unbekannte beim letzten Date abgeliefert hatte, war vielleicht das Schönste, was sie bisher erlebt hatte. Aber konnte sie überhaupt noch aussteigen?

»Mrs. Burns, sind Sie noch dran?«

»Ja, ja, ich bin noch dran. Ich habe mir nur überlegt ... Was würden Sie sagen, wenn wir Schluß machten?«

»Ich würde es bedauern und überleben. Aber Sie nicht. Ich weiß, daß Sie sich viel zu sehr nach meinen Händen sehnen. Und danach, was ich noch an Überraschungen parat habe. Ich habe ja nicht nur zwei Hände und eine Zunge.« Der Unbekannte schwieg einen Moment, und auch Ellen sagte kein Wort.

»Also, werden Sie kommen oder nicht?« fuhr der Unbekannte fort.

»Das ist es, was ich zu entscheiden habe. Genau das.«

»Welcher Anlaß treibt Sie dazu, darüber nachzudenken?« fragte der Unbekannte, als gäbe es keinen Grund, sich einem Date mit ihm zu verweigern. Als hätte sie überhaupt keine Wahl, als sich mit ihm zu treffen! Doch je mehr Ellen darüber nachdachte, desto mehr setzte sich ihre Neugier durch. Was würde er wohl noch alles drauf haben? fragte sie sich. Und außerdem wäre es ja langsam an der Zeit, daß er sie richtig ficken würde. Wenigstens einmal wollte sie das erleben.

»Also gut, ich freue mich. Um zehn Uhr, wie immer! Doch ich hätte noch eine Frage: Was würde Sie davon abhalten, daß wir uns einmal bei mir hier treffen?«

»Mrs. Burns, warum stellen Sie mir so unüberlegt diese Frage? Sie wissen doch, daß das nicht geht. Was soll ich in Ihrer sterilen, top möblierten Wohnung, die wie der Broadway beleuchtet ist? Wie sollen wir darin die gewohnte Atmosphäre erreichen? Nein, Mrs. Burns, was Sie wollen, ist etwas ganz anderes. Sie wollen mich erkennen, stimmt's? Aber das lasse ich nicht zu. Jedenfalls jetzt noch nicht.«

»Wann denn?«

»Wenn wir beide genug haben. Frühestens dann. Das muß Ihnen als Antwort reichen.«

»Es ist sehr ungewöhnlich, über einen längeren Zeitpunkt Sex mit einem Menschen zu haben, den man nicht kennt.«

»Es ist das Ungewöhnliche, was unser Verhältnis kennzeichnet. Es zum Gewöhnlichen verkommen zu lassen, bedeutete, es zu beenden.«

»Aber ich bin neugierig. Geben Sie mir wenigstens einen winzigen Hinweis, zeigen Sie mir wenigstens einen einzigen Stein des Puzzles«, bettelte sie.

»Wir sehen uns um zehn.«

Ein Klacken in der Leitung verriet, daß der Unbekannte aufgelegt hatte.

VII

Sie hatte gemischte Gefühle, als sie abends um zehn bei ihm wieder vor dem Haus stand und anschließend den dunklen Raum betrat, den man gut und gern als Kerker bezeichnen konnte.

»Guten Abend, Mr. Unbekannt«, sagte sie ganz förmlich. Sie stand da wie ein Lamm, das freiwillig zum Opfertisch gekommen war. Diesmal hatte sie selbst begonnen, sich auszuziehen. »Ist das gut so?« fragte sie, als sie splitternackt vor ihm stand.

Er sagte kein Wort, stand einfach nur da und schien Ellen durch seine Maske zu mustern. Sie hob langsam ihre Hände, um die Maske von seinem Gesicht zu nehmen. Doch der Unbekannte drückte ihre Arme kraftvoll nach unten und band ihr anschließend das Tuch wieder um die Augen. Nur eine Minute später war sie wieder an die kalte, nackte Wand gefesselt. Ellen stöhnte leicht auf, als sie seine kräftige Zunge zwischen zwei Zehen ihres rechten Fußes spürte. Er begann also wie an den Dates zuvor. Er leckte jeden Zwischenraum ihrer Zehen (und das bei beiden Füßen) und lutschte an jedem Zeh einzeln. Danach fuhr er mit der Zunge ihr rechtes Bein hoch, bis er den Bauchnabel erreicht hatte.

»Was sagen Sie zu meinen Beinen? Ich habe sie rasiert. Ist das schlimm? Mögen Sie sie lieber behaart?«

fragte Ellen leicht erregt.

Doch der Unbekannte gab wieder keine Antwort. Er bohrte jetzt seine Zunge in ihren Bauchnabel, als wollte er ihre Bauchdecke durchstoßen. Sie flatterte von einer Seite zur anderen, daß Ellen die Bewegungen nicht mehr nachvollziehen konnte. Sie spürte nur noch, wie etwas Elektrisierendes die Mitte ihres Leibes bearbeitete. Danach fuhr er mit seiner feuchten Zunge nach oben zwischen den Brüsten hindurch bis zum Hals. Er küßte sie ein paarmal ganz sanft, ließ seine Zunge dann abwärts wandern über ihren Arm bis zu den Fingern. Die Zungenspitze spielte mit der zarten Haut zwischen ihren Fingern, geriet kurz auf die Innenseite ihrer Hand, beeilte sich, zurückzukommen zwischen ihre schmalen Finger, verließ diese und landete schließlich in ihrer linken Achselhöhle. Er leckte ihren Schweiß auf, bohrte seine Zungenspitze auch hier in ihr Fleisch, daß sie vor Kitzel fast zu kichern angefangen hätte.

»Du leckst meine Achseln, und ich spüre ein Jukken in meiner Möse«, kam es ihr gepreßt über die Lippen. Ellen war dem Wahnsinn nahe. Ihre Scheidenmuskeln krampften unaufhörlich, und dieses Krampfen übertrug sich wellengleich auf ihre Klitoris. Wie gerne hätte sie jetzt seine Zunge an ihrer glühenden Erbse gespürt.

»Knet bitte meine Brüste«, flehte sie und war bemüht, sich ganz unterwürfig zu geben.

Der Unbekannte erhörte ihr Flehen und massierte kurz darauf ihre Brüste. Doch lange hielt er sich an ihren Nippeln nicht auf. Als hätte er ihre Wünsche erraten, fuhr er nach unten, berührte mit seinen Lippen ganz sanft ihren Schamhügel, dann begann er mit seiner Zunge ihre Labien zu teilen. Er tat es in Zeitlupe, so unerträglich langsam, daß Ellen vor Lustkitzel am liebsten geschrien hätte. Aber sie wußte, daß sich der Unbekannte von ihr zu nichts anstacheln ließ und verkniff sich deshalb jeden Laut. Er trieb seine Zunge in ihren Fotzeneingang, ließ sie einige Male rotieren, brach dann aber sein Spiel ab. Ganz unerwartet löste er ihre Fesseln, drehte sie um und machte sie danach wieder an Hand- und Fußgelenken fest. Sie stöhnte leicht auf, als sich ihre Nippel gegen die kalte Wand preßten. Sie spürte auch, daß er etwas hinter ihr anstellte, konnte aber nicht gleich herausfinden, was es war. Die Haut auf ihrem Po war durch die Berührung mit der Wand noch so kalt, daß sie kaum ein Empfinden hatte. Doch es war eindeutig seine Zunge, die sie an ihrem Hintern spürte. Okay, er war ein Arschfetischist. Das war Ellen in diesem Moment klar.

Immer wieder spürte sie seine Zunge auf der kühlen Haut. Erst mitten auf ihren Halbkugeln, dann ganz oben in der Poritze. Ihr schien, als würde er ganz gemächlich, sozusagen im Minutentakt, ein oder zwei Zentimeter tiefer gehen. Ellen hätte sich gewünscht, er wäre forsch zum Ziel seiner Begierde vorgestoßen, aber in dieser gefesselten Position konnte sie nichts anderes tun als stillzuhalten. Und so mußte sie über sich ergehen lassen, wie er sich unsäglich langsam voranarbeitete. Und dabei leckte seine Zunge alles auf, was sie in ihrer verschwitzten Spalte ertasten und wohl auch erschmecken konnte.

Dann schien er ein erstes kleines Finale zu wollen: Seine Zungenspitze fächerte schmetterlingsgleich über die schrumpligen, kraterförmigen Hautfalten ihres Afters, und Ellen rastete schier aus. Sie spürte dieses unaufhaltsame Ansteigen ihrer Lustgefühle, die sie aufwühlten und dennoch nicht so stark waren, daß sie zu einem Orgasmus gereicht hätten. Es waren Gefühle, die in der Lage waren, mehr Schmerz als Lust zu produzieren. Nein, nicht den Schmerz, der körperlich weh tat! Es war der Schmerz, der einen Orgasmus herbeisehnen ließ und kurz davor verhinderte, daß er tatsächlich ausbricht.

»Willst du mich umbringen?« schrie Ellen, aber der Unbekannte wollte sie nicht hören.

Unbeirrbar setzte seine Zunge ihre Odyssee auf ihrer Haut fort, fuhr von ihrer Arschspalte hinauf zum Hals, leckte ihre Haut hinter den Ohren, tauchte sogar kurz in ihre Ohrmuschel, verließ diese aber sofort und begab sich wieder abwärts. Ellen machte ein Hohlkreuz, soweit das in ihrer Position möglich war, um seinen Liebkosungen entlang dem Rückgrat zu entgehen, aber alles half nichts. Der Unbekannte zog sein Programm durch, und Ellen konnte nur hoffen, daß er sie bald von ihrer Qual erlösen würde.

Als seine Zunge ihre Pospalte wieder erreicht hatte, wurden auch seine Hände aktiv. Sie verkrallten sich in dem weichen Fleisch ihrer Halbkugeln und kneteten sie. Dabei zog er ihre Backen immer wieder ein wenig weiter auseinander, so daß ihre Rosette schließlich frei lag. Ellen wußte natürlich, was jetzt kommen würde, aber es kam eben nicht sofort, und das machte sie fast wahnsinnig.

»Ja, leck mein Löchlein, leck es richtig«, stöhnte sie, und ganz plötzlich, sie wollte es nicht glauben, schien ihr der Unbekannte doch zu gehorchen. Er zog ihre Backen auseinander, so weit es ging und näherte sich mit seinem Kopf der tiefsten Stelle ihrer Spalte. Sie spürte seinen heißen Atem, der immer intensiver wurde, und dann nahm sie seine nasse Zunge an ihrem Anus wahr. Sie umfächelte den Eingang, formte sich zu einer angenehm weichen Spitze und versuchte einzudringen.

Ellen tat alles, um ihm das zu ermöglichen. Sie drückte von innen gegen ihren Anus, so daß der Ringmuskel sich lockerte, und hielt ganz still. Wie einen Rammpfahl benutzte der Unbekannte jetzt seine Zunge, um damit ihr Löchlein zu weiten, und mit jedem Stoß drang er tiefer ein. Ellen schmerzte es vor Lust, und sie hätte am liebsten schreien mögen, aber natürlich verkniff sie sich jeden Laut, um den Unbekannten nicht zu reizen.

Doch dann schien er sich etwas anderes überlegt zu haben. Er schob nämlich den Zeige- und Mittelfinger seiner Hand in Ellens schon triefend nasse Scheide, während er seinen Daumen in ihrem offen klaffenden After versenkte.

»Oh Gott, ist das geil«, stöhnte Ellen auf. »Du vergißt aber auch gar keine Stelle, die du stimulieren kannst«, fügte sie hinzu, als der Unbekannte mit den drei Fingern zu rotieren begann. Und als in ihrer Fotze durch die vermehrte Schleimbildung der Widerstand immer geringer wurde, rammte er ihr auch noch einen dritten Finger hinein.

»Mir kommt es bald. Bleib drin, und mach weiter so. Ich bin gleich soweit«, hechelte sie, und kaum hatte sie ausgesprochen, da fing es in ihrem Bauch auch schon zu krampfen an. Eine heißer Schwulper ihres Sekrets ergoß sich über seine Hand, und sie wimmerte unentwegt. »Es ist da, es ist da, es ist so schön. Bleib drin, bitte!«

Eine Minute später hing sie in ihren Fesseln, als wäre ihr Körper betäubt worden.

Nachdem sie sich wieder etwas beruhigt hatte, wunderte sie sich, weshalb er sie nicht noch einmal gedreht hatte, um ihre Möse direkt von vorne zu lekken und ihr endlich seinen Schwanz reinzurammen. Verdammt noch mal, schoß es ihr durch den Kopf, der muß mich doch irgendwann einmal ficken wollen! Was wäre das für ein wunderbarer Abschluß gewesen, wenn er sie rammeln würde und sie beide würden gleichzeitig kommen.

Ellen ertappte sich dabei, wie sie sein Verhalten, seine Ansichten und seine Vorzüge mit ihren eigenen Ansichten zu erklären versuchte. Nur ganz langsam wurde ihr klar, daß er seine eigene Vorstellung von Sex hatte, seine eigene Vorgehensweise entwickelt und eigene Ansprüche hatte, die sie nicht einmal kannte. Wie denn auch? Er sprach ja nie darüber. Sollte sie vielleicht jetzt eine Diskussion anfangen? Niemals jetzt! Da wäre das Telefongespräch, das heute abend wieder stattfinden würde, sicherlich die bessere Gelegenheit.

Der Unbekannte löste ihr wortlos die Fußfesseln und zog ihr gleich den Slip, den Rock und die Schuhe an. Kurz darauf löste er die Handfesseln und zog ihr den Büstenhalter und die Bluse an. Und wortlos führte er sie zur Tür. Als er ihr das Tuch von den Augen nahm, stand Ellen schon vor seinem Haus. Wie jedesmal! Sie drehte sich um, gab sich aber keine Mühe, ihn noch irgendwie zu erkennen. Sie machte sich gleich auf dem Heimweg.

Wieder daheim ließ sie sich in einen Sessel fallen, legte ihre Beine hoch und ließ den Abend Revue passieren. Das war wieder ein ganz normales Date mit dem Unbekannten, resümierte sie. Wir verabreden uns, ich gehe zu ihm, er leckt mich und fingert an mir herum, bis ich komme und läßt mich danach kommentarlos gehen. Sie war trotz des wunderschönen Orgasmus irgendwie enttäuscht, denn sie wollte, daß sich die Sache sexuell schneller entwickelte.

Er müßte, so kam es ihr, etwas fordernder sein, sie ein bißchen fester nehmen, sie endlich ficken. Ja, endlich ficken, bis sie ohnmächtig würde. Oder die Sache sollte zu Ende gehen. Ein richtig guter Hinweis, und sie würde seine Identität herausfinden, und dann wäre sowieso alles aus. Aber insgeheim zweifelte sie an sich selbst. Würde sie wirklich das Verhältnis zu beenden in der Lage sein? Wo sollte sie einen Ersatz für seine wunderbaren Liebkosungen herbekommen? Nach diesem Mr. Unbekannt würde ein Vakuum entstehen, eine furchtbare Einschränkung in sexueller Hinsicht folgen. Denn wer könnte schon an seine Stelle treten? Niemand. Jedesfalls keiner aus ihrem Bekanntenkreis.

Nach einer unendlich langen halben Stunde klingelte endlich das Telefon, und sie nahm das Gespräch voller Erwartung entgegen.

»Hallo, Mrs. Burns, wie ist ihre momentane Verfassung?«

»Ich bin etwas müde, aber sonst geht es mir sehr gut«, antwortete Ellen auf die Frage des Unbekannten.

»Nun, der Grund, weshalb ich diesmal anrufe, ist, daß ich möchte, daß Sie etwas Neues ausprobieren«, sagte er mit ruhiger Stimme.

»Sie machen mich neugierig. Was wollen Sie denn ausprobieren?«

»Schlecht zu erklären. Es wäre besser, wenn wir einfach anfangen würden.«

»Und *womit* sollen wir anfangen, bitte?« fragte Ellen ungeduldig.

»Ziehen Sie Ihren Rock und Ihren Slip aus«, forderte er sie auf.

»Fängt gut an. Und was ziehen Sie aus?« fragte Ellen innerlich lächelnd. Sie wollte ihn mit dieser Frage nur ein wenig provozieren.

»Nichts!« antwortete er wirklich ein bißchen schroff. »Sie wissen doch ganz genau, daß ich von einer Telefonzelle aus anrufe.«

»Na gut.«

Es dauerte nur einen kurzen Moment, bis Ellen sich untenherum nackt gemacht hatte.

»Sind Sie soweit?« fragte der Unbekannte.

»Ja.«

»Gut. Haben Sie ein Öl im Haus? Ein ganz einfaches Speiseöl zum Beispiel?«

»Natürlich. Salatöl und Öl für die Friteuse.«

»Nehmen Sie das dickflüssigere und tauchen Sie ihren Mittelfinger hinein. – Ach, und bevor ich es vergesse: Holen Sie sich auch ein Handtuch oder so was ähnliches.«

Ellen tat, was er forderte, ging in die Küche, goß ein wenig Öl in ein Schälchen und tauchte ihren Finger hinein. Dann schnappte sie sich noch ein Küchentuch aus Frottee und schon saß sie wieder mit nacktem Hintern auf ihrem Sessel und hielt das Mobiltelefon in der Hand.

»Und jetzt?« fragte sie aufgeregt.

»Jetzt legen Sie das Handtuch unter Ihren zauberhaften Arsch und berühren mit der Fingerspitze Ihre Rosette.«

»Die Rosette? Warum?«

»Nicht fragen, einfach machen! Glauben Sie mir, Sie werden es noch genießen.«

Ellen berührte vorsichtig ihren Anus mit dem Mittelfinger ihrer linken Hand. Als kurz darauf der Unbekannte verlangte, daß sie diesen Finger in die enge Öffnung schieben solle, wich ein großer Teil ihrer Begeisterung. Zum ersten Mal, als hätte es der Unbekannte gewußt, schob sich Ellen einen Finger in ihr Arschloch. In ihrem emanzipierten Leben hatte sie schon so oft masturbiert, aber ihren Arsch hatte sie dabei immer außen vor gelassen. Dafür war sie vornherum viel zu reizbar.

»Und wenn Sie Ihren Finger drin haben, schieben Sie ihn zügig hin und her, und achten Sie darauf, daß Sie ihn auch bis zum Anschlag in Ihr Löchlein schieben«, wies er sie an.

Ellen führte ganz langsam ihren Mittelfinger in ihren Anus und begann, sich mit anfangs unscheinbaren, später aber deutlichen Bewegungen ihres Fingers zu ficken.

»Ja, das ist wirklich schön«, mußte sie zugeben.

Sie war blitzschnell erregt und genoß es, mit ihrem Finger in ihrem Hintereingang zu rotieren. Als ihre Möse feucht wurde, zog sie ihren Finger heraus und schob ihn danach gleich in ihr Lustloch.

»Jetzt masturbiere ich wieder normal«, sagte sie mit erregter Stimme, »ich wichse meine Möse.«

»Ich habe nichts dagegen«, erwiderte der Unbekannte, »Hauptsache, es macht Ihnen Spaß. Aber gefällt Ihnen das anale Stimulieren etwa nicht?«

»Oh doch, natürlich«, antwortete Ellen, die gerade einen zweiten Finger in ihre Lustgrotte schob, »aber vorne ist man näher am Orgasmus.«

Sie onanierte nun, wie sie es immer tat, nur, daß ihr jetzt noch jemand am Telefon zuhörte. Der Unbekannte gab zum ersten Mal keine Anweisungen. Und sie genoß die Freiheit, die er ihr ließ, um solange zu onanieren, bis sie den Gipfel der Lust erreichte. Sie machte das ganz ohne Hemmungen, da sie Mr. Unbekannt ja kannte – ja, irgendwie kannte.

»Haben Sie sich schön fertiggemacht?« fragte er, als ihr Stöhnen in ein schnelles Atmen übergegangen war.

»Ja. Es war himmlisch. Aber wenn Sie es getan hätten, wäre es bestimmt noch tausendmal schöner gewesen.«

»Morgen, denke ich, sollten Sie einmal ausruhen. Wie wäre es, wenn wir uns wieder am Montag treffen würden?« fragte der Unbekannte. Er hatte offensichtlich kein allzu großes Interesse daran, dieses Telefonat auszudehnen. Ihm kam es anscheinend nur darauf an, einen Termin für ein neues Date festzumachen.

»Wie Sie meinen«, sagte Ellen, die merkte, daß er etwas kurz angebunden war.

War er vielleicht verschnupft, weil sie etwas getan hatte, ohne ihn zu fragen? Dann schwenkte sie in ihren Gedanken total um und versuchte herauszufinden, warum er sie bis dato noch nicht gefickt hatte. Was hat der Typ noch alles drauf, daß ihm das Ficken so unwichtig ist? fragte sie sich. Dem müssen doch die Eier überkochen!

»Mrs. Burns, sind Sie noch dran?« fragte er.

»Ja.«

»Also, sind Sie damit einverstanden, wenn wir uns am Montag zur gewohnten Zeit bei mir treffen?«

»Ja, das bin ich.«

»Gut, dann auf Wiedersehen, Mrs. Burns.«

»Auf Wiedersehen, Mr. Unbekannt«, erwiderte Ellen und legte auf.

Befriedigt stand sie auf und nahm schnell noch eine Dusche, dann legte sie sich schlafen.

VIII

Ellen begrüßte den Gesprächskreis, schaute in die kleine Runde und entdeckte eine ihr unbekannte Frau neben Norman Williams, dem Bondage-Künstler.

»Schön, daß Sie gekommen sind, Mrs. Williams«, sagte Ellen freundlich.

Mrs. Williams war eine große Frau mit ebensolcher Oberweite, langem, blondem Haar, braunen Augen und festen, schönen Lippen.

»Amanda bitte. Sie können mich Amanda nennen«, sagte sie. Norman hat mich ja schon aufgeklärt, wie das hier so abläuft.«

»Das ist gut. Und es macht Ihnen bestimmt nichts aus, wenn ich Ihnen ein paar Fragen stelle?«

»Nein, Mrs. Burns, deswegen bin ich ja hier.«

»Okay.« Ellen sah Amanda genau an. »Ich weiß ja nicht, wieviel Ihr Mann Ihnen erzählt hat. Ich möchte nur vorwegschicken, daß Norman weiß, daß es nicht so gut war, mit anderen Frauen Sex zu haben. Und was noch wichtiger ist, er hat sich vorgenommen, Sie zurückzugewinnen.«

Amanda runzelte die Stirn. »Er will, daß ich zurückkomme? Ach ja, zum Bondage?«

»Nein, Amanda, ich glaube, das Entscheidende wissen Sie noch nicht. Ihr Mann hat in der letzten Gesprächsrunde versichert, daß er Sie sehr liebt. Eben deshalb möchte er Sie zurückhaben«, erklärte Ellen.

Amanda wandte ihren Blick rasch ihrem Mann zu. »Stimmt das?« fragte sie überrascht.

»Ja.«

»Davon hast du mir nichts gesagt.«

»Ich dachte, es wäre nicht angebracht, wenn ich es dir am Telefon sage.«

Das Ehepaar sah sich lange in die Augen, und beide lächelten glücklich.

»Amanda, Sie wissen, daß Ihr Mann mit anderen Frauen Sex hatte. Wie fanden Sie das heraus?« fuhr Ellen fort.

»Ganz einfach. Ich machte das Abendessen fertig, ging hinunter in den Keller, den wir den Bondage-Keller nennen, als ich ein herzzerreißendes Gestöhn wahrnahm. Es war das Stöhnen, Jammern und Winseln einer Frau«, antwortete Amanda auf Ellens Frage.

»Sie kochten zu Abend, und in dieser Zeit hatte Ihr Mann Sex mit einer anderen Frau?«

»Ja. Wie ich später herausfand, hatte er sich mit der Frau verabredet, noch bevor ich zu kochen begann. Norman ging dann nach unten in den Keller, und die Frau mußte durch den Kellereingang von draußen hereingekommen sein.«

»War das immer so?«

»Nein. Er hatte viele Bekannte, bat die eine oder andere zu sich und fesselte sie. Ich habe das anfangs zugelassen, obwohl ich mich innerlich dagegen gewehrt habe, aber letztendlich habe ich es geduldet, weil ich wußte, daß es ihm in erster Linie auf das Fesseln und nicht auf die Frauen ankam.«

»Hatten Sie nur einmal das Stöhnen einer Frau gehört?

»Oh nein. Fast jeden zweiten Tag. Da ich wußte, daß er mit meiner Einwilligung Frauen fesselte, ließ ich ihm seinen Spaß und ging kochen, machte den Haushalt, ging spazieren oder machte sonst etwas. Häufig war es so, daß, wenn ich die Tür aufmachte und den Keller betrat, ich dann einfach eine Frau sah, die kunstvoll gefesselt war. Ich war erst dann enttäuscht, als ich erkennen mußte, daß diese Frauen von meinem Mann auch noch gefickt wurden. Das stand bei mir nicht auf dem Programm.«

»Bei der letzten Sitzung erzählte uns Norman, daß er nicht mit jeder Frau Sex hatte. Das stimmt doch, oder?« wollte Ellen wissen.

»Ja, natürlich hatte er nicht mit jeder Frau Sex. Sonst hätte er täglich mindestens einmal Sex haben müssen.«

»Nur mit den Schönsten«, warf Norman ein.

»Genau. Er hatte wirklich nur mit den Schönsten Frauen Sex. Die anderen fesselte er nur. Manchmal war auch ein Mädchen von gerade einmal achtzehn Jahren unter seinen Opfern. Je nach Bondage-Position trifft das Wort *unter* besonders zu«, sagte Amanda leicht schmunzelnd.

»Amanda, ich darf Ihnen noch einmal versichern, daß Ihr Mann hier ist, um diese Praktiken zu beenden«, sagte Ellen freundlich. »Das betrifft vor allem die anderen Frauen.«

»Warum hört er nicht auch mit dem Bondage auf? Dann wäre alles im Reinen.«

»Weil Norman mir gesagt hatte, daß Sie es auch lustvoll fanden und es genossen haben, von ihm gefesselt zu werden und anschließend mit ihm Sex zu haben. Vorausgesetzt, das stimmt.«

»Ja, das stimmt.«

»Demzufolge wäre es nicht vernünftig, ihm jetzt das Versprechen abzuringen, wenn es Ihnen doch selbst Spaß macht. Warum wollen Sie auf diesen Genuß verzichten? Ich denke, der Keil zwischen Ihnen beiden liegt doch in der Tatsache, daß immer fremde Frauen im Spiel sind. Die Entscheidung für die Zukunft geht doch dahin, daß er seine sexuelle Lust mit Ihnen teilt und nicht mit anderen Frauen«, argumentierte Ellen und wandte dann ihren Blick kurz zu Norman. »Das war doch das Ziel, das wir zusammen bei der letzten Sitzung ausgemacht hatten, oder?«

»Richtig, Mrs. Burns«, stimmte Norman zu.

»Ich denke, Sie könnten Ihrem Mann dabei helfen«, meinte Ellen, die sich wieder Amanda zuwandte.

»Und wie?«

»Geben Sie sich so erotisch, wie Sie nur können, und Sie, Norman, Sie werden tun, was Sie hier gelobt haben. Die anderen Frauen – das ist nun Vergangenheit. Sind wir uns da alle einig?«

»Ja«, antwortete Norman mit ruhiger Stimme.

»Ab jetzt ist Ihre Frau auch für Sie das, was sie tatsächlich ist: die erotischste Frau, die man sich vorstellen kann. Und Sie dürfen sie fesseln und verwöhnen.«

»Ich werde es versuchen.«

»Ihre Frau ist wirklich sehr schön. Und wenn sie weiß, wie sie Sie verführen muß, sollte dies für Sie, Norman, kein Problem sein. Sie müssen sich einfach von der Vorstellung, daß Sie Ihr Kunstwerk wechseln müssen, verabschieden. Ihre Frau ist das Kunstwerk, und zwar mit oder ohne Fesseln, und basta.«

»Ja, Mrs. Burns.«

»Gut. Hat noch jemand dazu noch eine Frage?«

»Ja, ich«, sagte Josh Mason. »Ich wüßte gerne, wie man Frauen richtig und kunstvoll fesselt. Ich bin nicht verheiratet. Also habe ich die Probleme nicht, die Norman hat. Ich wäre aber stark daran interessiert zu lernen, wie man kunstvoll fesselt. Würden Sie mir zeigen, worauf es ankommt, Norman?«

»Es wäre vielleicht besser, wenn Sie das unter sich besprechen würden«, unterbrach Ellen.

»Wie Sie meinen«, sagte Josh.

»Hat sonst noch jemand eine Frage zu diesem Thema?«

Niemand von den Teilnehmern meldete sich zu Wort, und so war das Thema Bondage vorerst abgehakt. Aber Ellen war plötzlich hellwach geworden und wollte natürlich gleich mit Josh Mason weitermachen. Doch Amanda, die neben ihr saß, zupfte sie am Ärmel und fragte leise: »Was ist das denn für einer, dieser Josh? Auch so ein Bondage-Freak wie mein Mann?«

»Nein, nein, bei ihm liegt das Problem woanders. Josh hat ansatzweise zwei leichte Vergewaltigungsversuche hinter sich, für die er auch bestraft wurde. Er ist dabei, sich von jedem Gedanken zu lösen, der eine gewaltsame Annäherung zu Frauen beinhaltet«, flüsterte Ellen schnell zurück, bevor sie sich an Josh wandte.

»Josh, berichten Sie uns bitte, was Sie so in den letzten Tagen gemacht oder angestellt haben.«

»Nun, Mrs. Burns, ich wurde wieder einmal schwach. Das heißt, nur ein bißchen.«

»Wie geht *ein bißchen?* Bedeutet das, daß Sie wieder eine Frau belästigt haben?« wollte Ellen wissen.

»Eigentlich ja. Es war in der Nacht zum Sonntag, als mir zufällig eine verdammt scharfe Rothaarige über den Weg gelaufen ist. Ich konnte einfach ihren schönen Beinen, ihren großen Brüste und ihrem verführerischen Arsch nicht widerstehen und mußte sie anbaggern.«

»Anbaggern ist ja okay. Was haben Sie gemacht? Werden Sie mal konkret!«

»Na ja, ich bin sofort hinter ihr her und habe sie angesprochen, aber sie hat mich gleich abgewiesen. Da bin ich wie eine Klette neben hier hergelaufen und wollte sie in ein Gespräch verwickeln. Sie hat auch mit mir gesprochen, aber irgendwie hatte ich das Gefühl, daß sie Angst vor mir hatte.«

»Versetzen Sie sich mal in die Frau, Josh. Sie gehen nachts auf der Straße und da hängt sich jemand an Ihre Fersen und will anbandeln. Wundert Sie das wirklich, daß die Frau Angst hatte?«

»Aber ich wollte mich doch nur unterhalten.«

»So sehen Sie es, aber von ihrer Warte aus stellt sich Ihr Auftritt ganz anders dar. Sie weiß ja nicht, was ihr mit Ihnen blüht, wenn sie sich auf Sie einläßt. Deshalb mauert sie und will sie loswerden.«

»Ich laß mich aber nicht so einfach abschütteln.«

»Und genau das ist Ihr Problem. Überlegen Sie sich einmal, wenn diese Frau laut geworden wäre, um Sie loszuwerden! Da wären Sie schon wieder mit einem Bein im Gefängnis.«

Josh nickte. »Na ja, so ähnlich ist es ja beim zweiten Mal gewesen. Ich habe die Frau nur am Arm festgehalten, und die blöde Kuh hat geschrien, als wollte ich sie ausziehen. Das haben Passanten gesehen, und schon war die Polizei da. Dabei habe ich mit keiner Silbe daran gedacht, jemanden zu vergewaltigen.«

»Wir glauben Ihnen das, Josh, sonst hätten wir kein Vertrauen zu Ihnen, aber Sie müssen einfach die Dinge etwas mehr differenzieren. Wenn eine Frau etwas von Ihnen will, und wenn es auch nur ein Flirt oder ein Kompliment ist, dann läßt sie Sie das wissen. Vielleicht nicht mit Worten, aber mit Sicherheit durch Gesten. Einem Lächeln, einem schelmischen Blick, vielleicht sogar ein provozierendes Zwinkern. Das dürfen Sie dann als Zustimmung sehen. Aber wenn Sie jemand abweist, sollten Sie sich schnell in der Gewalt haben.«

»Jetzt werden mir die Zusammenhänge klar, Mrs. Burns. Warum hat mir das noch nie jemand so deutlich vor Augen geführt wie Sie jetzt?«

»Das kann ich Ihnen auch nicht sagen. Vielleicht ist es aber wirklich so, daß dieser Gesprächskreis hier die meisten Erfolge aufzuweisen hat.«

»Ich verstehe. Aber eines ist mir noch unklar: Warum laufen die Frauen so provozierend herum, und wenn man sie anspricht, fühlen sie sich belästigt?«

»Das ist wirklich ein großes Problem, Josh, aber das lösen wir nicht. Wir müssen uns mit den Gegebenheiten abfinden. Die Gesellschaft ist so, und wir alle haben sie zu akzeptieren und uns nach den Regeln zu verhalten. Das mag für den einen schwer sein, für den anderen ist es um so leichter. Schauen Sie, mit den Frauen ist es doch nicht anders. Wir gehen alleine irgendwohin, sagen wir in ein Café, um eine Tasse Kaffee zu trinken, und schon heißt es, wir wollten jemanden anmachen, nur weil wir allein unterwegs sind. So unterliegen wir Frauen im Grunde den gleichen Mißverständnissen.«

Josh schien im Moment überglücklich. Endlich hatte sich jemand mal seiner Probleme angenommen und sie vernünftig besprochen. Er war fest davon überzeugt, mit der neuen Erkenntnis künftigen Schwierigkeiten aus dem Wege gehen zu können.

»Ihr alle glaubt gar nicht, wie froh ich bin, daß bei mir der Groschen gefallen ist«, sagte er in die Runde und lehnte sich in seinem Stuhl zurück.

»Wenn Sie mal eine Freundin haben oder verheiratet sind, sind Sie automatisch gegen diese Versuchungen gefeit, glauben Sie mir«, bestärkte Ellen ihn noch zusätzlich.

»Wenn ich eine Freundin hätte, wäre das nie passiert, das dürft ihr mir alle glauben.«

Josh lächelte zufrieden. Zum ersten Mal hatte er

alle Sympathien auf seiner Seite.

Ellen wußte, daß er recht hatte. Ihr war völlig klar geworden, daß seine Kontaktschwierigkeiten der Auslöser für seine unglücklichen Annäherungsversuche gewesen waren, die ihn letztlich zum Gewalttäter abgestempelt hatten.

Plötzlich meldete sich Alice Jones, und Ellen wechselte das Thema – auch um Josh nicht zu überfordern.

»Alice, Sie wollten die erogenen Zonen neu entdekken. Ist Ihnen das gelungen?«

»Nun, ja«, antwortete Alice, »wir haben uns gegenseitig am ganzen Körper geleckt. Es hat schon ein wenig Spaß gemacht, aber irgendwie auch nicht.«

»Wie soll ich denn das verstehen?«

»Na ja, den Körper von Daniel zu lecken, ist nicht gerade ein riesiger Genuß. Aber ich tat es, weil es uns in unserer Beziehung weiterbringen sollte.«

»Nun, ich weiß, daß sich viele Frauen nicht gerade dafür begeistern können, den Körper ihres Freundes oder Ehemannes zu küssen und zu lecken. Aber zu einem guten Vorspiel gehört das nun einmal dazu«, gab Ellen zu bedenken. »Abgesehen davon, Daniel hatte sich ja auch am Anfang dagegen gesträubt und ist davor zurückgeschreckt, Ihr Döschen zu lecken. Dies macht er nun. Und nun sind Sie dran, Ihrem Freund diesen Gefallen zu tun. Wenn Sie ihn richtig verwöhnen – und zwar lustbringend, dann wird er auch Sie ausgiebig lecken. Aber wenn Sie glauben, daß dies nicht so wichtig ist, dann lassen Sie das halt aus.«

»Nein, Mrs. Burns, das will ich mit Sicherheit nicht.

Denn ich möchte dazulernen. Aber ich weiß nicht, wie ich problemlos seine Füße küssen kann, ohne mich davor ein wenig zu ekeln.«

Ellen überlegte kurz und sagte anschließend: »Haben Sie einen Videorecorder zu Hause?«

»Ja, warum?«

»Ich habe im Büro ein spezielles Video zum Thema erogene Zonen. Wenn Sie wollen, kann ich es Ihnen gern einmal ausleihen.«

»Und was ist da zu sehen?« fragte Alice mit einem leicht verlegenen Lächeln.

»Nun, Sie sehen ein junges Paar – beide über dreißig – das sich an den erogenen Zonen stimuliert.«

»Gibt es da etwa Hardcore-Szenen?« fragte Daniel neugierig.

»Nein. Für die härteren Sachen gibt es ein spezielles Video, in dem erklärt und gezeigt wird, wie der Mann eine Muschi leckt und die Frau einen Penis.«

»Da kann man sich ja auch einen billigen Porno reinziehen«, meinte Daniel.

»Nein, diese Oralszenen sind auf jeden Fall anders. Ein solches Lehrvideo muß auch anders sein, denn was will man schon von einem Pornofilm lernen?« erwiderte Ellen. »Dieser Film zeigt, wie es richtig gemacht wird, und er liefert eine Unmenge von Tips, für die jeder dankbar ist, der sich diesen Streifen anschaut. Es geht unter anderen auch darum, wie man alles richtig vorbereitet. Dazu gehört das gründliche Säubern kritischer Körperteile, eben Füße, Achseln, Pofalte und Geschlechtsteile. Dazu gibt es noch wertvolle Hinweise, wie man sich noch stimulieren kann, ohne zu küssen oder zu lecken.«

»Toll, im Zeitalter härtester Pornofilme reißen wir uns jetzt um einen Aufklärungsfilm!« feixte Daniel.

»Gut, ich werde jetzt das Video holen«, sagte Ellen, die mit wenigen Schritten in ihrem Büro war und ebenso schnell mit der Kassette in der Hand wieder herauskam. »Bin gespannt, was Ihr sagt, wenn Ihr es gesehen habt. Hier, bitte! In vierzehn Tagen spätestens möchte ich es wiederhaben.«

»Kein Problem«, meinte Alice, der die Erwartung ins Gesicht geschrieben stand.

»Alice, Sie und Daniel wohnen zusammen in einer Wohnung?« fragte Ellen.

»Nein, wir suchen noch geeignete Räume.«

»Darf ich noch etwas zum Thema Haut hinzufügen?« fragte Joyce, die an der Diskussion bisher eher aus der Ferne teilgenommen hatte.

»Ja, natürlich, Joyce. Bitte.«

»Also ich habe eine ganz sonderbare Erfahrung gemacht: Die Haut beim Mann ist nämlich wirklich entscheidend für das Vorspiel. Man hört soviel, daß reiche Damen reiferen Alters sich junge Männer ins Haus holen oder als Spielgefährten halten. Der Grund ist nicht, daß sie besser ficken können. Ganz nebenbei: Welcher Zwanzigjährige fickt schon besser als ein Fünfunddreißigjähriger? Nein, der Grund liegt darin, daß die jungen Männer mit ihrer jüngeren, zarteren Haut ästhetischer sind. Darüber wird kaum ein Wort verloren, aber es ist so.«

»Ist das Ihre Erfahrung, Joyce?«

»Auch. Ich weiß es von einer Filmdiva. Die hat es mir mal gesteckt, als sie angesäuselt war. Das zweite ist der Körpergeruch. Junge Menschen riechen angenehmer als ältere. Wer sich parfümiert, kann das vielleicht ausgleichen, aber grundsätzlich ist es so.«

»Eine tolle Beobachtung. Ich hätte nicht gedacht, daß Sie so feinsinnig beobachten können, Joyce.«

Joyce schien in ihrem Element zu sein, denn sie fügte noch hinzu: »Sehen Sie, Mrs. Burns, das einleuchtendste Beispiel sind der Geruch und Geschmack von Sperma. Je jünger die Männer sind, desto feiner riecht und schmeckt das Sperma. Im Alter riecht es strenger, und der Eigengeschmack wird stärker. Im Extremfall tut man sich als Frau schwer, überhaupt nur mal daran zu schnuppern.«

»Sie müssen ja schon tolle Erfahrungen gemacht haben«, staunte Denise Davis. »Wo lernt man denn das alles?«

»Denise, bitte!« erboste sich Ellen, obwohl sogar sie es gern erfahren hätte.

»Man lernt es, wenn man mit vielen Männern und Frauen verkehrt. Bei den einen ist es die persönliche Erfahrung, bei den anderen teilt man die fremden Erkenntnisse.«

»Sind Sie wohl bi? Ich fände nichts dabei.« Denise schien ihr Vorbild gefunden zu haben.

»Nein, eigentlich nicht, na ja, ein bißchen schon. Vielleicht. Man hat ein paar Erfahrungen.«

»Ja, was denn?«

»Also, ja! Ich hatte ein paar sexuelle Abenteuer mit Frauen, und ich möchte auf das Ausgangsthema zurückkommen. Frauen haben eine weiche, zarte, wohlriechende und erotisierende Haut. Die ist zum Schmusen einfach schöner.«

»Aha.« Ellen war baff. Dieser Farbkasten, der da aufgetakelt herumhockt, steckt die ganze Bande in die Tasche. Verdammt, die ist nicht dumm, dachte sie, und dann erschrak sie plötzlich. Wie sehr doch die Ausflüge von Mr. Unbekannt auf ihrer Haut in dieses Bild paßten!

»Mrs. Burns, Sie haben sicher nichts dagegen, wenn ich etwas von meinem schönen Wochenende erzähle«, fragte Denise freundlich und irgendwie glücklich dazwischen.

»Nein«, antwortete Ellen, die nichts dagegen hatte. Sie war immer froh, wenn die Teilnehmer spontan ein Gespräch anfingen. Und da bei Daniel Norris und Alice Jones für diese Sitzung eigentlich alles geklärt war, gab es auch nichts mehr darüber zu diskutieren. »Fangen Sie nur an, Denise.«

»Okay«, sagte Denise mit einem sympathischen Lächeln. »Ich war am Sonntag im Swingerclub, weil dort der *Cumshot-Event* stattfand. Ich war echt gespannt, wie es auf so einer Veranstaltung zugehen würde. Also, zuerst gab es wieder ein ausgiebiges Buffet, und alle – auch ich – kamen ins Gespräch. Wir redeten nicht nur über Freundschaften, Liebe und Sex, sondern auch über Alltägliches, was meine Libido nicht im Geringsten negativ beeinflußte. Im Gegenteil. Was ich da alles sah, erregte mich. Manche Männer hatten ganz heiße Slips an«, Denise kicherte, »... nur mit einer Schnur durch die Arschkerbe und vorne einem Stückchen Stoff, das ihr Gemächt mehr betonte als es zu verdecken.«

»Und wie lief dieser Abend ab?« wollte Ellen wissen.

»Da diese Veranstaltung ausschließlich dem Abspritzen gewidmet war, ging es nach dem Buffet und einem bißchen Small talk unter den Gästen gleich zur Sache.«

»Heißt das etwa, daß sich alle Männer dazu bereit erklärt haben, sich von irgendeiner der anwesenden Frauen einen ablutschen zu lassen, egal ob sie sich kannten oder nicht?« fragte Alice.

»Genau so war es. Die Männer wollten doch nichts weiter als abspritzen, und jeder war eitel genug, erfahren zu wollen, bei welcher Dame sein Schwanz noch Chancen hatte.«

»Das leuchtet ein«, bemerkte Alice, obwohl sie sich alles nicht so recht vorstellen konnte.

»Nun, laßt mich fortfahren. Also, wie ich gesagt habe, so etwas erregt mich«, unterstrich Denise noch einmal. »Alle männlichen Teilnehmer stellten sich in Reih' und Glied auf und zogen ihre Unterwäsche aus. Nun mußten wir Frauen uns in einer Reihe gegenüber aufstellen, so daß jeder jeden vor Augen hatte. Dann durften wir Frauen wie bei einer Damenwahl entscheiden, welchen Schwanz wir am liebsten lutschen würden. Also, so stimmt das nicht ganz: Wir *mußten* uns entscheiden, welchen wir gern lutschen würden.«

»Und wie weiter?« bemerkte Ellen.

»Der Träger des Schwanzes wurde dann mit Worten oder Gesten gefragt, ob er mit der Dame einverstanden war. Aber ich habe nicht erlebt, daß ein Schwanz – entschuldigt, ein Mann – eine Frau hat auflaufen lassen und sie abgewiesen hätte. Aber man bittet pro forma um das Einverständnis, das meist durch ein Lächeln oder Kopfnicken gegeben wird. Ach, ich muß noch vorwegschicken, daß weibliche Singles in dem Club freien Eintritt haben, während männliche dreißig Dollar bezahlen müssen. Trotzdem ist es so, daß es mehr Männer als Frauen gibt, vor allem an solchen Abenden. Am Sonntag waren es siebzehn Männer und vierzehn Frauen. Nun würde die Rechnung ja theoretisch nicht aufgehen. Aber sie ging auf, denn ein paar Frauen nahmen zwei Schwänze in den Mund. Ich natürlich auch. Ich suchte mir diejenigen beiden aus, die mir gefielen, bat die beiden Männer, nebeneinander zu stehen, und danach fing ich an, ihre Pimmel zu lutschen.«

»Wie sahen die Männer aus? Kommt da nicht alles Mögliche zusammen?« wollte Alice wissen.

»Nein. Der eine war sehr attraktiv, und der andere ... der andere trug eine Maske wie viele Männer, die in einen Swingerclub gehen, da sie einfach nicht erkannt werden wollen.«

Auf einmal wurde es Ellen mulmig. Ein Mann mit Maske. Ein Swinger-Mitglied, das unbekannt bleiben will. Genau wie Mr. Unbekannt.

»Wie sah denn eine solche Maske aus?« fragte sie

Denise ruhig beziehungsweise so ruhig, wie sie nur konnte.

»Na ja, das ist sehr verschieden. Etwa so wie eine, die man bei einem Maskenball trägt, farbig und phantasievoll. Es waren aber meistens Masken, die nicht den ganzen Kopf bedecken, sondern nur das Gesicht.«

»Danke, Denise, hat mich nur mal am Rande interessiert«, sagte Ellen beruhigt.

»Also ich lutschte diese beiden Schwänze. Einmal abwechselnd, und danach wieder beide Schwanzspitzen zusammen in meinem Mund. Zwischendurch wagte ich einen Blick nach rechts oder nach links, denn ich wollte wissen, was die anderen Damen so machten. Links von mir war die Frau des Mannes, dem ich schon einmal den Rüssel gelutscht hatte. Sie saugte an einem Pimmel, der wie ein Glockenschwengel aussah und Traummaße hatte. Aber dieser Schwanz war so behaart, wie ich noch nie einen Pimmel gesehen habe. Schamhaare rund ums Glied herum!? An den Hoden sind sie ja völlig normal. Klar habe ich auch schon welche gesehen, die ein paar vereinzelte Haare an den Schwellkörpern hatten. Aber was dieser da aufzuweisen hatte, übertraf jede Vorstellung. Es war nicht nur ein einfacher Männerpimmel, den diese Frau in den Mund nahm, sondern ... sondern ... für so etwas gibt es wohl kaum einen Begriff. Dieser Pimmel hatte so viele Haare am Schwellkörper, wie ich an meinen Achselhöhlen zusammen hatte, als ich mich noch nicht rasiert habe.«

»Und diesen Pimmel nahm diese Frau freiwillig in

den Mund?« fragte Amanda, die einen etwas angewiderten Gesichtsausdruck angenommen hatte.

»Ja, das hatte mich auch verwundert. Genau das hatte ich diese Frau später, bevor ich wieder nach Hause ging, auch gefragt. Daraufhin sagte sie: ›Jede Frau soll jede Chance wahrnehmen, etwas Besonderes zu erleben. Dabei ist es egal, ob man mit einem Mann ins Bett geht, der einen sehr großen Penis und eine übermäßige Potenz aufzuweisen hat, und der sich dabei mit einer anderen Frau stimuliert oder eben einen solchen haarigen Schwanz bläst, wie ich es getan habe.‹

Ich wandte mich lieber den anderen Frauen zu und konzentrierte mich auf die beiden Schwänze, die ich zu bedienen hatte. Ich leckte abwechselnd die beiden Schwanzspitzen, lutschte sie, bewegte bei beiden die Vorhaut, wichste sie beim Blasen mal schnell, mal langsam. Und so dauerte es auch nicht lange, bis die beiden abspritzten. Natürlich nicht gleichzeitig. Aber nachdem der ohne Maske abgespritzt hatte, kam es bald auch dem Maskierten. Die Ausdauer, die beide an den Tag legten, war nicht berauschend; das ist sie eigentlich nie, wenn man einem Mann den Schwanz richtig bläst. Verblüfft hat mich aber die Samenmenge. Was da aus beiden Spritzdüsen kam, verdeckte in wenigen Sekunden mein Gesicht hinter weißem Schleim. Doch genau darum geht es ja bei diesem Cumshot-Event: Sperma abspritzen. Je mehr einer spritzt, desto besser, um so geiler.«

»Danach war die Party vorbei?« fragte Ellen.

»Party? Nein, das war keine Party. So viel ich weiß, geht es bei einer Swinger-Party viel, viel heftiger zu. Nein, Mrs. Burns, das war nur ein Cumshot-Event«, erwiderte Denise, die diese Sache genau nahm. »Man könnte es auch so eine Art Zwischenspiel nennen.«

»War dann also dieser Cumshot-Event vorbei?« wiederholte Ellen ihre Frage noch einmal, nur daß sie etwas präziser fragte.

»Nicht vorbei. Natürlich war der Höhenpunkt des Events vorbei. Aber Mann und Frau konnten sich immer noch vergnügen. Der normale Betrieb ging ja unvermindert weiter. Natürlich waren die nächsten beiden Stunden ziemlich ruhig, weil den Männern die Puste ausgegangen war. Aber wenn Frauen entsprechende Wünsche geäußert haben, sind die Männer dann mit nach oben gegangen und haben die Frauen entweder geleckt oder mit einem Spielzeug verwöhnt«, antwortete Denise.

»Wie oft haben Sie nun vor, in diesen Swingerclub zu gehen?« wollte Ellen wissen.

»Sicher zwei Mal pro Woche.«

»Sind Sie immer noch davon überzeugt, daß Sie Ihre exhibitionistischen Ausfälle nun völlig überwunden haben?«

»Ja, bestimmt, Mrs. Burns. Was mir im Moment noch fehlt, sind ein paar Möglichkeiten, mich in freier Natur zu vergnügen. In freier Natur Sex zu haben, ist etwas sehr Schönes, wissen Sie.«

»Fragen Sie doch mal in Ihrem Swingerclub nach, ob sie im Sommer nicht vielleicht eine Abteilung haben, die es im Freien bevorzugt. Dann hätten Sie doch alles, was Sie sich wünschen. Dann wäre sichergestellt, daß Sie die Öffentlichkeit verschonen.«

»Habe ich doch schon gemacht. Der Club verfügt aber leider über keinen abgeschlossenen, uneinsehbaren Garten. Deshalb haben sie so etwas wie ein Dschungelzimmer eingerichtet. Der Raum ist mit riesigen Fototapeten beklebt, und überall stehen Riesenkübel mit Pflanzen. An der Decke und in den Zweigen der größeren Pflanzen haben sie ausgestopfte Tiere hindrappiert, und aus der Stereoanlage klingt der Urwald, wie er leibt und lebt: Brüllaffen, Vögel, Gezwitscher ohne Ende und ab und zu ein Rufen, als würde man gleich Tarzan begegnen.«

»Und? Sind Sie ihm begegnet?« fragte Alice.

»In der Tat. Ich habe den Mann mit dem Tarzan-String wiedergetroffen, dem ich schon einmal begegnet war. Er war ein etwas haariger Typ. Er war an seinem Lustspender zum Glück nicht so haarig. Wir kamen uns sofort näher, und irgendwann spielten wir Tarzan und Jane.«

»Sie spielten also mit seiner Liane?« fragte Alice ironisch lächelnd.

»Richtig«, antwortete Denise schmunzelnd.

»Konnte dieser Typ überhaupt noch ... ich meine, der hatte sicherlich auch zwei- oder dreimal abgespritzt oder nicht?« wollte Amanda wissen.

»Nein. Bevor wir anfingen, uns zu vergnügen, sagte er mir, daß er nur einmal gekommen war, weil er nur einmal kommen wollte. Denn er wollte nicht einfach so oft wie möglich abspritzen. Er hat es mir so erklärt: ›Es entspricht nicht der Spielregel, aber ich muß mich nicht immer von einer Frau bis auf den letzten Tropfen entsaften lassen. Der Abend ist noch lang, da ist es gut, wenn man sein Pulver noch nicht verschossen hat.‹

Und ich denke, da mußte ich ihm recht geben. Die meisten Männer gingen nämlich etwas essen, weil sie nach dem Abspritzen nicht mehr vögeln konnten. Doch er war einer von wenigen, der noch einen hochkriegte. Ein Glück für mich!

Als wir uns dann ausgetobt hatten, trafen wir an der Bar auch seine Frau.

›Wie war es? Hast du dein Täubchen ordentlich durchgevögelt?‹ fragte sie ihn ruhig.

›Ja. Eifersüchtig?‹ fragte er zurück.

Seine Frau machte aber nicht im geringsten den Eindruck, daß sie eifersüchtig sein könnte. Oder sie konnte es gut verstecken, so, daß man es ihr nicht anmerken konnte.

›Weißt du, was ich heute gelutscht habe, so etwas hatte ich noch nie im Mund‹, sagte sie.

So erzählte sie uns, was sie erlebt hatte; ich erzählte, was ich erlebt hatte; mein Tarzan berichtete auch, welche Frau seinen Schwanz gelutscht hatte und wie es mit mir gewesen war. Wir saßen also am Tresen und redeten dabei über unsere sexuellen Erfahrungen, die wir nur kurze Zeit zuvor gemacht hatten. Und dies ohne Hemmungen. Ich muß wirklich sagen, es war ein sehr schönes Erlebnis. Deshalb werde ich weiterhin in diesen Swingerclub und auch zu den Cumshot-Events gehen. Ach, und dann noch etwas: Was ich gestern noch mitgekriegt habe, ist, daß an den Samstagabenden die Damen verwöhnt werden. Es ist ein ähnliches Prinzip wie beim Cumshot-Event. Die Frauen stehen in einer Reihe, und die Männer müssen die ausgewählte Frau zum Höhenpunkt bringen. Das ist doch toll, oder?«

Ellen war wirklich erfreut darüber, daß es Denise gefallen hatte und daß es ihr jetzt gut zu gehen schien. Daher glaubte sie auch daran, daß sie es wirklich schaffen konnte, von ihren durchgeknallten Aktionen zu lassen.

»So, meine Herrschaften, wir haben über eine halbe Stunde überzogen, weil heute die letzte Stunde vor der Semesterpause war. Erlaubt mir, daß ich noch einmal kurz zusammenfasse, wie ich den Erfolg dieser Gesprächsrunde einschätze: Daniel und Alice, ihr seid dabei, das Vorspiel für euch neu zu entdecken, und die ersten Versuche waren ja überaus erfolgreich. Ich gratuliere euch, und ich bin mir ziemlich sicher, daß ihr euch in der nächsten Zeit noch wesentlich näher kommt.

Denise hat ihr Glück im Swingerleben gefunden. Ich denke, Denise, Sie werden sich noch ein Weilchen dort austoben, und in ein paar Jahren spätestens werden Sie zur Ruhe kommen. Daß Sie keine Aktionen mehr in der Öffentlichkeit vornehmen, ist ein Riesenerfolg. Gratulation auch an Sie.

Josh, Sie haben auf eine besondere Art gewonnen:

Sie sind zu einer Erkenntnis gekommen, die Ihnen hilft, gesellschaftlich unauffällig zu bleiben und einen Partner zu finden. Den wünsche ich Ihnen von ganzem Herzen.

Norman und Amanda kehren zur Normalität zurück. In eurer Situation ist nichts wertvoller als das Versprechen, einander zu vergeben und noch einmal von vorn anzufangen. Glückwunsch euch zweien.

Und Sie, Joyce, Sie haben mich am meisten überrascht. Hinter Ihrer Fassade verbirgt sich etwas, was ich noch nicht ergründen konnte. Sie sind so verdammt abgeklärt und haben einen Erfahrungsschatz, der größer ist als der von uns allen hier zusammen. Aber Sie haben mir ja schon angekündigt, daß Sie den nächsten Kreis auch wieder belegen werden. Dann lassen Sie mich mal ein bißchen mehr in Ihre Psyche schauen.

Ja, dann bedanke ich mich noch einmal bei allen und wünsche Ihnen eine gute Zeit.«

Nachdem sich alle persönlich verabschiedet hatten, ließ sich Ellen wieder in ihren Sessel fallen und die Stunde noch einmal vor ihrem geistigen Auge ablaufen. Vor allem Josh gab ihr einige Rätsel auf. Sie erinnerte sich, wie begeistert er tat, als es darum ging, daß er das Fesseln erlernen könnte. Das waren gleich zwei sichere Hinweise, die sie aber in Bezug auf ihren Mr. Unbekannt keinen Millimeter weiterbrachte. Gesetzt den Fall, er hatte wirklich keine Ahnung vom Fesseln und wollte es ganz ernsthaft lernen, weil er sich vorstellen konnte, damit seine erotischen Fähigkeiten zu verbessern, wäre das ein sicheres Anzeichen dafür, daß Josh als Mr. Unbekannt ausschied. Die andere Möglichkeit wäre, daß er ihr etwas vorgaukelte und den völlig unerfahrenen Lover nur vorgab, um sie auf eine falsche Fährte zu schicken. Beides klang gleichermaßen logisch.

Der braucht einfach nur eine feste Freundin, mutmaßte Ellen. Wenn der sexuell nicht den ganzen Tag so aufgeladen wäre, würde er den knapp angezogenen Frauen auch nicht soviel Aufmerksamkeit schenken.

Plötzlich hielt Ellen inne. Das, was sie da eben dachte, paßt das nicht auch zu dem Unbekannten? Ja, doch, natürlich, aber sofort wurde ihr ein wesentlicher Unterschied klar. Wenn Josh nämlich ihr Zauberer wäre, hätte er sie schon lange ficken müssen, oder?

Dann war da noch die Geschichte mit der Maske. Aber auch dieser Hinweis konnte ihr nicht weiterhelfen. Möglicherweise war der Unbekannte auch ein Swinger, vielleicht hatte er sich auch nur in einem Club von der Zweckmäßigkeit einer Maske überzeugen lassen. Vielleicht aber war die Maske auch nur ein Relikt aus der Faschingszeit.

Alles nichts!!! tobte es in Ellen. Ich komme verflucht noch mal nicht weiter!

Ellen fuhr gemächlich nach Hause. Sie war froh, daß die Runde heute einmal ein bißchen lebhafter gewesen war. Wenn einer erst einmal anfing zu schwatzen, sank bei den anderen die Hemmschwelle auf null, und zu erzählen hatte ein jeder im Grunde eine ganze

Menge. Blieb nur zu wünschen, daß die nächsten Gesprächsrunden gleichermaßen lebhaft würden.

Als Ellen in die Küche ging, um ihre Einkaufstasche abzustellen, klingelte das Telefon. Wer ist das um die Mittagszeit? fragte sie sich, nahm den Hörer ab und den Anruf entgegen.

»Hallo Mrs. Burns. Ich denke, es wäre ...«

»Hallo, Mr. Unbekannt«, zwitscherte Ellen aufgeregt wie ein junger Spatz dazwischen. »Bleibt es bei heute abend?«

»Nein! Deswegen rufe ich ja an.«

»Dann aber morgen, bitte!«

»Also dann bis morgen, Mrs. Burns.«

»Mr. Unbekannt ...«

Der Unbekannte hatte schon aufgelegt. Warum war er heute nur so kurz angebunden? Im gleichen Moment merkte sie, daß sie doch diejenige war, die mit der Tür ins Haus gefallen war. Immer wenn es um einen Termin ging, konnte sie sich nicht schnell genug verabreden. War das nicht auch ein Zeichnen deutlicher Abhängigkeit? Wie konnte sie ihm nur so deutlich zeigen, wie sehr sie sich nach dem nächsten Date sehnte!

Wie so oft, wenn sie aufgeregt war, verspürte sie Hunger. So machte sie sich schnell ein Sandwich, und während sie kauend am Küchentisch saß, kam ihr ein blendender Gedanke. Sie wollte die Geschichte Harold anvertrauen. Harold war über drei Jahre ihr Lebensgefährte gewesen, kannte sie sozusagen in- und auswendig und wäre ohne Zweifel ihr Ehemann geworden, wenn Ellen es gewollt hätte. Aber dann hätte sie sich scheiden lassen müssen, und das wollte sie nicht, vor allem wegen ihrer Tochter Sarah. So lockerte sich die Verbindung, zeitweise fickten sie einmal ein Wochenende miteinander. Unter der Woche ging jeder seinen Interessen nach, und durch solch tagelange Trennung geschah es dann, daß sie sich immer mehr aus den Augen verloren.

Harold hatte die Fähigkeit, Dinge aus einer ganz neutralen Position zu betrachten und zu würdigen. Und genau deswegen schätzte Ellen seinen Rat und rief ihn an.

»Hallo, Harold, hier ist Ellen.«

»Hallo, Ellen«, sagte er freundlich. »Schön, daß du dich wieder mal meldest. Wie geht es dir?«

»Gut.«

»Na, das hört sich aber nicht so an. Hast du etwas auf dem Herzen, Baby?«

Ellen erzählte Harold die ganze Geschichte. Wie sie, was ihr bis heute unerklärlich sei, auf das erste Date eingegangen sei, wie sie sich hat fesseln und verwöhnen lassen, wie sie sich dem Willen des Unbekannten beugte, keine Fragen stellte und sich immer wieder zu ihm hingezogen fühlte.

»Das Schlimmste ist«, stellte sie klar heraus, »daß die Nummer, die der Unbekannte abzieht, so höllisch gut ist, daß ich mich nach der nächsten sehne, bevor ich wieder zu Hause bin. Ich bin abhängig, Harold. Abhängig, süchtig, ihm verfallen, nenn es, wie du willst.«

»Hm, und jetzt hast du dich wieder mit ihm verabredet?«

»Genau so ist es.«

»Und wobei soll ich dir nun helfen, meine liebe Ellen? So, wie ich die Sache sehe, brauchst du keinen Rat. Es war doch deine freie Entscheidung, sich auf diesen Mr. Unbekannt einzulassen. Oder soll ich dir meinen Segen geben, daß du wie eine läufige Hündin hinter diesem Zehenlutscher herrennst?«

»Harold, du bist widerlich! Kannst du mich nicht wenigstens ein bißchen verstehen?«

»Nein, um ganz ehrlich zu sein.«

Für einen Moment war es still in der Leitung.

»Bist du noch dran, Harold?« frage Ellen zaghaft.

»Ja, ich bin noch dran. Ich überlege nur ...«

»Was überlegst du?«

»Ach Ellen, Darling, ich überlege, wenn dieser Unbekannte wirklich, so wie du vermutest, einer aus deinem Gesprächskreis ist, könnte das ganze sehr gefährlich für dich werden. Diese Typen, die du betreust, sind doch alle auf irgendeine Art pervers. Und dir brauche ich ja nicht zu erzählen, welche verschlungenen Pfade so ein krankes Gehirn oftmals einschlägt.«

»Harold«, unterbrach Ellen ihn empört, »meine Leute aus dem Gesprächskreis sind nicht krank. Sie haben nur sexuelle Hemmungen, Probleme, reagieren überzogen, sind exzentrisch und so weiter, aber sie sind doch nicht krank.«

»Also gut, sie sind nicht krank! *Frau Hobby-Therapeutin* muß es ja wissen!« Harolds Stimme klang jetzt ärgerlich, und bissig fügte er noch hinzu: »Mir scheint, dir ist der Sinn für die Realität ein wenig abhanden gekommen. Arme Ellen …«

Das war zuviel. Wütend knallte Ellen den Hörer auf die Gabel. Sie hoffte zwar, daß Harold sie gleich wieder anrufen würde, um sich zu entschuldigen, er tat es aber nicht.

Über eine halbe Stunde wanderte Ellen ruhelos durch die Wohnung, und immer wieder blieb sie vor dem Kamin stehen, betrachtete mit Wehleid das Foto mit Rick und ihrer Tochter Sandra. Nur er, ihr Ex, hätte mit seiner unendlichen Liebe zu ihr die Kraft gehabt, sie aus den verführerischen Klauen von Mr. Unbekannt zu befreien. Aber Rick wäre sicher nicht bereit, ihr zu helfen. Sie wußte nicht einmal, ob er sich zur Zeit in New York aufhielt.

IX

Am nächsten Morgen blieb sie ziemlich lange im Bett liegen. Die Morgensonne strahlte wärmend durch das Fenster, und Ellen genoß es, sich unter ihrer Decke zu räkeln und ihre Gedanken schweifen zu lassen. Wie von allein wanderte ihre Hand dabei nach unten und zwischen ihre Schenkel. Ihre Schamlippen waren vom Schlaf noch angenehm warm und fest geschlossen. Sie fühlten sich an wie ein kleines, dick gepolstertes Kissen.

Verdammt, wie freute sie sich auf das Date mit dem Unbekannten heute abend! Was würde er heute mit ihr anstellen? Und wann vor allem würde er ihr seinen Schwanz gnadenlos in die Fotze rammen? Wann endlich würde er es tun?

Mit einem tiefen Seufzer verkrallte sie ihre Finger in ihrer Scham, um ihrer aufsteigenden Lust Einhalt zu gebieten. Heute vormittag stand nämlich noch ein kleiner Einkaufsbummel auf ihrem Programm. Ellen wollte sich noch ein paar von diesen winzigen Strings besorgen, obwohl es eigentlich witzlos war, sie heute abend anzuziehen, denn der Unbekannte hat sich noch nie etwas aus Unterwäsche gemacht. Im Gegenteil: Sie war ihm für sein Vorhaben lästig, und deshalb war es das Erste, was er tat, ihr den Fummel auszuziehen. Trotzdem: Ellen ging es ja auch um die Vorfreude. Mit einem ganz knappen String zu diesem Date zu gehen, das war ein kleiner Teil der Lust. Ellen mochte es einfach, und warum sollte sie es nicht tun.

Also, jetzt schnellstens raus aus den Federn und ab ins Badezimmer! Doch obwohl Ellen sich an diesem Tag ganz geschäftig gab, verging keine Sekunde, in der sie nicht an den Abend dachte.

Kurz vor zehn stand sie dann vor dem Haus des Unbekannten. Der Anblick dieses heruntergekommenen Gebäudes war wirklich keine Augenweide. Aber für diese Zwecke braucht es ja nur einen Raum mit der entsprechenden Atmosphäre. Wer weiß, wozu der häßliche Anblick der Fassade gut war! Kein Mensch dieser Welt käme auf die Idee, daß darin Menschen wohnten, nicht einmal stundenweise. Die Tür war schon offen. Sie trat ein.

»Guten Abend, Mrs. Burns«, sagte der Unbekannte, der plötzlich hinter ihr stand und ihr wie gewohnt das Tuch um die Augen band. Er führte Ellen an die bekannte Wand, ließ sie innehalten und begann, sie zielstrebig auszuziehen. Als sie nackt vor ihm stand, hörte sie, wie er die Tür zumachte.

»Sie schließen heute gar nicht ab?« fragte Ellen, nur um etwas zu sagen.

Sie bekam aber keine Antwort. Als er sie an Hand- und Fußgelenken an die Wand gefesselt hatte, stellte sie ihm eine weitere Frage: »Weshalb haben Sie meinen neuen String ausgezogen, den ich heute erst gekauft habe? Ich dachte, daß Sie ihn mir anlassen könnten, weil er ja eine große Öffnung hat? Er stört Sie nicht beim Küssen und beim Lecken, ja bei überhaupt nichts.«

Der Unbekannte dachte anscheinend gar nicht daran, ihr auf irgendeine Frage zu antworten. Er begann, sie wortlos an ihrem linken Fuß zu streicheln, dann zusätzlich zu küssen und zu lecken. Er tat es mit einer Seelenruhe, als wollte er es heute besondern ausgiebig tun. Dann nahm er sich die Zehen vor und nuckelte an jedem einzelnen, umschmeichelte ihn mit seiner Zunge, sog ihn sich in seinen Mund hinein. Ellen fragte sich, was eigentlich so erotisch an diesem Fußfetischismus war, aber noch bevor sie zu einem Ergebnis kam, durchströmten ihren Körper die schönsten Gefühle. Es war erotisch. Basta! Es mußte doch nicht alles zu erklären sein!

Nach wenigen Minuten wechselte der Zauberer zum anderen Fuß, und das Spiel wiederholte sich. Die Vorfreude stieg in Ellen auf, und vielleicht lag das Geheimnis darin, daß sie das Lecken ihrer Füße nur im Zusammenhang mit dem wahrnahm, was noch kommen sollte. Klar, er würde ihr wieder die Fotze auslekken, einen Finger in den Arsch stecken und sie von einem Orgasmus zum nächsten streicheln. In Anbetracht dieser Erwartung war das Lecken der Zehen und Füße eine unerträgliche Wohltat, die sich mit jedem Zungenschlag steigerte und kaum auszuhalten war.

Dann endlich wanderten seine Lippen und Finger an Ellens Waden nach oben, liebkosten ihre Kniekehlen und die Innenseiten ihrer Oberschenkel, fuhren nach nur kurzem Aufenthalt um ihre klitschnasse Fotze herum, verweilten für einen Moment auf ihrem Schamhügel und begaben sich dann nach oben zum Bauchnabel. Dort umkreiste der Unbekannte mit seiner Zungenspitze die Haut in ihrer Nabelgrube, daß Ellen nur so zuckte. Aber auch das war nur eine Zwischenstation, denn dieser vor Zärtlichkeit strotzende Mann hatte es auf ihre Titten abgesehen.

Er nahm beide in seine Hände, drückte sie zur Mitte hin zusammen, umklammerte sie von der Seite, so daß ihre Warzen nach vorn gequetscht wurden und biß ganz zärtlich in das gespannte Fleisch. Ellen schien vor Lust zu vergehen. Sie spürte, wie es in ihrem Unterleib zu rumoren begann, wie sie am liebsten mit ihrem Hintern vor Ungeduld gewackelt hätte und wie immer mehr ihres Sekrets aus ihrer Spalte floß. Der Unbekannte nahm nun die eine Warze in den Mund, umfächelte sie, umkreiste mit der Zunge das kleine Türmchen und lutschte und saugte daran, als ginge es um sein Leben. Währenddessen knetete er die andere Titte, griff für einen Lidschlag in ihre Fotze, holte sich ihren Schleim und rieb ihn über die freie Brustwarze.

Ellen erstarrte. Sie erlebte gerade ihren ersten kleinen Orgasmus und war ganz auf ihren Unterleib konzentriert, als der Unbekannte für eine Sekunde von ihr abließ, sich aber sofort wieder ihrer Titten bemächtigte. Plötzlich spürte sie, wie etwas angenehm Kühles ihre Brustwarzen umwehte. Nein, es war nicht sein Atem und auch nicht das Leder seiner Maske. Es war etwas, was sie bei ihm zuvor noch nie gespürt hatte. Der Unbekannte legte es wie einen Hauch um eine ihrer Brüste, und jetzt erst wurde Ellen gewahr, was es war. Sie spürte, wie er eine Art Seidenschal mehrmals um eine ihrer Riesentitten wand und sie somit einschnürte. Sie kannte solche Bondagespiele von Bildern, wo Frauen mit dicken Stricken die Brüste abgebunden wurden. Hier aber handelte es sich keinesfalls um Stricke oder Seile, sondern um ein weiches Tuch, die zärtliche Gewalt pur.

Ellen spürte im Laufe der nächsten Minuten genau, was mit ihr geschah. Eine ihrer Brüste war genauso abgebunden, und das ganze Blut schoß ihr nach vorn in die empfindliche Warze, von der ein ganz leichter Schmerz ausging. Ein zu leichter, um ihn zu bitten, das Tuch zu lösen. Im Gegenteil. Ellen wartete, bis er auch die andere Brust eingewickelt hatte, was auch sogleich geschah. Dann begann der Unbekannte, mit der ganzen Zunge über ihren Warzenhof zu streichen, stupste die steifen Türmchen an und versuchte, mit seiner Zunge ihre Nippel in die Brust zu drücken.

Ellen wollte sterben vor Lust. Ihre Gebärmutter tobte in ihrem Unterleib. Wie gern würde sie jetzt seinen Schwanz aufnehmen, sich ficken lassen, bis sie in Ohnmacht fallen würde. Sie würde auch zwei Schwänze akzeptieren, Finger, Dildos, Gemüse, was auch immer. Hauptsache, ihre Löcher würden gestopft werden, und der große Orgasmus, der sich mit jeder Sekunde zu einem Orkan entwickelte, könnte endlich ausbrechen. Aber daran war im Moment noch nicht zu denken.

»Das ist einfach schön, ich glaube, ich komme«, stöhnte Ellen. »Hören Sie nicht auf.«

Der Unbekannte dachte auch nicht daran aufzuhören. Er kniete sich vor sie, umschlang ihre Hüften und drückte noch einmal seine Zunge in ihren Nabel. Dann überschüttete er ihren Unterleib mit Tausenden von Küssen, ließ seine Zunge in ihrer Leiste tanzen, daß sie Sternchen sah und tippte gelegentlich ihre Lustperle mit der Zungenspitze an. Ellen erschauderte jedesmal. Wenn er nur dort bliebe, hoffte sie, aber er tat es nicht. Sein Siegeszug über ihren Körper führte über die Behandlung all ihrer erogenen Stellen, und deshalb verwehrte er ihr den Verbleib an ihrem empfindlichsten Punkt.

Ellen wünschte sich, daß sie bei dem Spiel hätte mitmachen dürfen. Sie hätte ihm die Fotze auf den Mund gedrückt und sich lecken lassen, bis sie gekommen wäre. Aber sein Spiel war ein anderes. Er machte das Vorspiel zur Hauptspeise, und wenn sie vor Lust fast wahnsinnig geworden wäre, hätte sie vielleicht seinen Schwanz bekommen. Zum Nachtisch sozusagen. Sie versuchte, trotz ihrer Fesseln ihre Fotze wenigstens an seinem Kopf etwas zu reiben, aber der Unbekannte wich geschickt aus. Wie lange würde sie das noch aushalten können?

Plötzlich schien er mit ihr zu fühlen. Vielleicht war er selbst viel zu erregt, um weiterzumachen. Auf jeden Fall rutschte er millimeterweise in die Nähe ihrer Labien. Seine Lippen umschmeichelten ihre Haut, und hin und wieder stieß seine Zungenspitze zwischen ihre geschwollenen Schamlippen, um sie zu teilen. Ellen winselte, stöhnte, rang nach Luft. Das hier, das war eine Tortur, eine süße Folter, die einem Meisterwerk glich. Was ist das nur für ein Mann, schoß es ihr durch den Kopf, der das alles durchhält?

Endlich! Endlich blieb sein Mund auf ihren Schamlippen. Seine Zunge stieß immer wieder in ihren Spalt, bis sie sich schließlich zwischen den Hautpolstern hindurchgezwängt hatte und ihren Fotzeneingang berührte. Ellen schob ihr Becken seiner Zunge entgegen, drückte, damit sich ihr Eingang von selbst öffnete, aber das einzige, was sie schaffte, war, daß er sie noch mehr quälte: Er zog nämlich seine Zunge zurück, berührte nur mit den Lippen ihre Lustperle und ließ von ihr ab.

Sofort fing Ellen an zu flehen: »Hör jetzt nicht auf! Nicht jetzt! Das ist nicht fair, wie du mich quälst! Steck endlich etwas in meine Fotze. Wie oft muß ich dich denn noch bitten!«

»Du wirst schon noch auf deine Kosten kommen. Du mußt Geduld haben. ›Der Weg ist das Ziel‹, hat einmal ein kluger Mann gesagt.«

»Laß mich wenigstens einmal richtig kommen, damit der Schmerz weggeht«, bettelte sie.

»Um diesen Schmerz geht es. Er ist so süß und überwältigend. Aber im Grunde tut er nicht weh. Du weißt das, und deshalb wundert es mich, daß du ihn loshaben willst.«

»Ich will nur ein klein wenig Erlösung. Bitte!«

Er reagierte nicht mehr auf ihr Flehen, sondern begann abermals, ihre Fotze zu lecken. Diesmal tat er es gründlicher, als wollte er ihr den Gefallen tun. Er teilte mit seinen Fingern ihre Schamlippen, daß der Eingang zu ihrem Tunnel bloß lag. Dann stieß er ganz zielstrebig mit seiner Zunge in die lachsroten Hautfalten und ließ sie flattern, so schnell er konnte. Dabei bohrte er sich immer tiefer in ihren überschwemmten Tunnel.

Ellen gurgelte etwas Unverständliches hervor. Sie war unfähig, sich zu artikulieren, denn was der Unbekannte da tat, war genau das, was sie jetzt erlösen konnte. Sie war so überreizt, daß sie jeden Zungenschlag wie einen kleinen Peitschenhieb empfand. Ihr Loch streckte sich seiner Zunge entgegen, öffnete sich, schloß sich, öffnete sich, schloß sich wieder, und jedesmal schwulpte etwas von ihrem Sekret heraus direkt auf seine Zunge. Ellen rang nach Luft, ihr Körper erstarrte, und dann stöhnte sie mit einem langen, tierisch klingenden, gequälten »Aaaaahhhh« ihren ersten großen Orgasmus heraus.

Der Unbekannte fing ihr Sekret mit seinem Mund auf, leckte das kleine Rinnsal an ihrem Oberschenkel ebenfalls auf und strich mit der Zungenspitze abwechselnd über Kitzler und Schamlippen, bis Ellen schrie: »Aufhören! Aufhören! Bitte aufhören, ich kann nicht mehr.«

Sie hing für einen Moment tatsächlich wie eine Ohnmächtige in ihren Fesseln. Der Unbekannte schien zu erkennen, wie fertig sie war, löste ihr die Fesseln und fixierte nur eine ihrer Hände in einer der Fußschlaufen. So konnte Ellen einen Augenblick liegend ausruhen.

Doch allzu lange ließ der Unbekannte sie nicht in dieser Position. Er hob sie auf die Knie, befestigte die andere Hand an der zweiten Schlaufe für die Fußfesseln und begann sofort, ihren Po zu streicheln. Sie öffnete automatisch ihre Schenkel und bot ihm so ihre beiden Löcher an

»Ja, komm schon, steck deine Zunge tief in meine Möse!«

Doch wie schon zuvor nahm sich der Unbekannte alle Zeit der Welt, fuhr zunächst mit einem Finger durch ihre Pospalte, verharrte auf ihrer Rosette, drang ein wenig ein, ließ dabei seine Fingerkuppe kreisen und verließ das Hintertürchen wieder. Er ließ seine Hand zu ihrer Fotze wandern, teilte mit einem Griff ihre Schamlippen, formte eine Faust und drückte sie gegen ihren Eingang. Ellen stöhnte auf. Endlich rammte er ihr etwas in ihren überfluteten Tunnel, endlich machte er Fickbewegungen. Sie spürte, wie sie auf einen weiteren Orgasmus zusteuerte.

Ellen konnte natürlich fühlen, daß das Fleisch an ihrem Fotzeneingang seine Hand war und nicht sein Schwanz, aber das war ihr im Moment auch egal. Sie wollte nur ausgefüllt sein, gedehnt werden und möglichst viel spüren. Denn nichts ersehnte sie sich mehr als den nächsten Orgasmus.

»Das ist ein unglaubliches Gefühl«, stammelte sie

mit einer Stimme, in der man ihre Erregung hören konnte. Sie spürte ganz genau, wie der Unbekannte seine Hand jetzt in ihrem Fotzeneingang drehte und gleichzeitig Stück für Stück in ihren Tunnel einführte. Die rosa Hautfalten dehnten sich, daß das Blut in ihnen entwich und sie ihre Farbe verloren, schmiegten sich ganz fest um seine Hand, als wollten sie sie aufhalten, aber Ellen feuerte ihren Zauberer flehend an: »Schieb sie rein, schieb, schieb! Nein, nicht anhalten, dehn mich, reiß mich auseinander! Oh, wie gut das tut. Fick mich mit deiner Hand. Rein, raus, mach schon! Mach doch endlich!«

Der Unbekannte überwand mit seiner Hand den Ringmuskel am Eingang ihrer Fotze und begann, mit seinem Arm Fickstöße zu machen. Rein, raus – in ganz kurzen Stößen, zuerst ganz langsam, dann immer schneller. Seine Faust tauchte in die Enge ihres Leibes, und mit jedem Stoß quetschte er ihren Fotzenschleim nach außen, so daß im Nu auch sein Handgelenk von ihrem Glibber überzogen war. So gelang es ihm, ganz tief in ihren Leib hineinzustoßen.

Ellen schien verrückt zu werden. Sie spannte ihren Ringmuskel an, ließ los, so daß er sich öffnete, und nach nur wenigen Stößen hatte sie sich so an seine Hand gewöhnt, daß sie die Maße nicht mehr von einem großen, prallen Schwanz unterscheiden konnte. Jetzt begann der Unbekannte, rhythmisch in sie hineinzuhämmern, und mit jedem Stoß kam Ellen einem Orgasmus ein Stück näher. Schon schienen die Wogen ihren Leib zu vereinnahmen, schon wollten sich

Ellens Muskeln verkrampfen, da unterbrach er seine Stoßbewegungen, näherte sich mit seinem Mund ihrem Po, während seine freie Hand eine Pobacke zur Seite drückte. Ihr After lag nun blank vor seinen Augen. Es war gedehnt von der Enge, die seine Hand in ihrer Fotze verursacht hatte.

Ellen wußte nicht, was er wollte, spürte nur seinen heißen Atem und hin und wieder einen leichten, kaum spürbaren Zungenschlag. Dann verstärkte sich das Spiel seiner Zunge, und Ellen genoß, wie sich seine Lippen an ihrem Anus festzusaugen schienen. Sie versuchte, ihre Rosette etwas zu öffnen, indem sie von innen gegendrückte, da spürte sie, wie sich etwas Fleischiges in ihren Darm bohrte.

»Na, wie schmeckt dir heute meine Arschritze?« fragte Ellen lustvoll und ein bißchen gequält.

Aber anstatt zu antworten, forcierte der Unbekannte seine Anstrengungen.

»Soll ich dir was sagen, Unbekannter? Du bist der gefühlvollste Ficker, den ich in meinem Leben gehabt habe. Du verstehst es wirklich, mit einem Frauenkörper umzugehen.«

Der Unbekannte hob seinen Kopf. »Du weißt nicht, was ich noch alles drauf habe. Warte nur.«

»Sag schon! Spann mich nicht auf die Folter! Was hast du mit mir noch vor?«

»Sei nicht so ungeduldig. Du wirst schon sehen.«

Damit war das Gespräch für ihn beendet. Er widmete sich wieder ihrer Rosette, schob etwas von dem Schleim, der nach außen getreten war, auf seinen Finger und massierte damit ihren Anus. Als dann der Schließmuskel glitschig genug war, tauchte er einen Finger hinein und begann, ihn darin rotieren zu lassen. Der Darm war eng, denn durch seine Faust in der benachbarten Vagina wurden alle anderen Organe nach außen gequetscht. Doch auch das diente Ellen zum Lustgewinn. Immer wieder war es die Enge, die ihr die schönen Gefühle bescherte.

»Oh Mann, das tut gut ... ich brauche mehr davon, ja, mehr da ..., mehr ...«, stöhnte Ellen, und in diesem Moment drohte die Welt über sie hereinzustürzen. Ihr ganzer Unterleib krampfte, entspannte sich, krampfte wieder. Sie schrie ein langgezogenes »Es koooommt«, und dann sackte sie ein zweites Mal zusammen. Sie rang nach Luft, und aus ihrer gedehnten Fotze sickerte der wäßrige Saft über seinen Arm.

Sie winselte und gab unverständliche Laute von sich. Selten hatte sie Orgasmen solchen Ausmaßes gehabt. Ihr Körper war erschlafft, sie hing wie eine Leblose in den Fesseln, und der Unbekannte begann ganz langsam, seine Hand aus ihrer überschwemmten Höhle zu ziehen. Als er ihren Ringmuskel passiert hatte, wurden die herausgleitenden Finger noch einmal von einem Schwulper ihres Saftes überschwemmt. Dann schloß sich ihr Fotzeneingang. Was blieb, war eine ungewöhnliche Rötung und vier dick geschwollene Schamlippen.

Ellen lag ziemlich unbequem und völlig erschöpft auf der Seite. Der Unbekannte schien zu sehen, wie sie in dieser Position litt und löste ihr eine der Handfesseln. Sofort legte sich Ellen auf die Seite und schob die freie Hand unter ihren Kopf.

»Was ist«, fragte sie, »wenn ich jetzt das Tuch von meinen Augen nehme?«

»Dann wirst du einen Mann mit einer Maske sehen, und ...«

»Und was noch?«

»Und das Spiel ist aus.«

Um Gottes willen, dachte Ellen, nur das nicht. Sie konnte sich in diesem Augenblick gar nicht vorstellen, wie es sein würde, wenn sie auf diese Dates verzichten müßte.

»Es gibt zwei Möglichkeiten, das Spiel zu beenden«, fuhr er fort. »Ich habe sie dir noch nicht genannt, deshalb will ich es hier nachholen: Entweder du sagst mir, daß du aufhören willst, dann werde ich mich natürlich zurückziehen, und zwar für immer – null Kontakt, verstehst du? Oder aber du verletzt die Regeln, dann beende ich das Spiel notgedrungen. Das hätte zur Folge, daß, wie gesagt, ebenfalls Schluß ist. Willst du dennoch weitermachen, müßten wir auf eine höhere, strengere Ebene aufsteigen.«

»Was ist die strengere Ebene?« wollte Ellen wissen.

»Das verrate ich dir nicht. Nur soviel sollst du wissen: Die Fesseln sind fester, dein Partner dominanter, der Schmerz größer. Du hast mehr auszuhalten, was bedeuten kann, daß du mehr Lustgewinn hast, es kann aber auch unbefriedigend sein. Dann sehnst du sich nach etwas, was nicht mehr zurückkommt.«

Ellen sagte kein Wort. Was war das hier? Eine Organisation mit festgeschriebenen Regeln, eine Gang mit Einzelbehandlung, ein Folterstudio mit Softbehandlung für Einsteiger?

»Und was passiert, wenn …«

»Stell keine weiteren Fragen! Ich beantworte sie dir nicht. Du weißt, woran du bist.«

Sie nickte. Oh Mann, das mußt du zu Hause alles erst einmal verdauen! schoß es ihr in den Kopf. Auch wenn ihr plötzlich das eine oder andere unheimlich vorkam, riß sie sich zusammen und verkniff sich jede Frage. Sie durfte ihren Lover nicht provozieren! Nicht, daß er noch die Geduld verliert.

Während ihr tausend Gedanken durch den Kopf gingen, löste der Unbekannte plötzlich ihre Fessel und führte sie zu einem Bett, das sich nur ein paar Schritte entfernt befand. Er ergriff abermals ihre Handgelenke, band sie an bereits vorhandenen Schlaufen an den Holmen der Kopfseite fest und widmete sich ihren Füßen, die er mit wenigen Handgriffen an den unteren Holmen befestigte.

Endlich weich liegen! Ellen genoß die bequeme Matratze unter sich, während sich der Unbekannte ihrer Fotze widmete und anfing, ihre Schamlippen zu lecken. Dazu legte er sich zwischen ihre Beine, als hätte er sich auf eine längere Zeremonie eingestellt.

»Weshalb willst du auf dem Bett weitermachen?« fragte Ellen mit erregter Stimme. »Möchtest du, daß ich es diesmal etwas gemütlicher habe? Oder hast du noch etwa anderes vor?«

Der Unbekannte gab keine Antwort. Er leckte einfach weiter. Aber er leckte nicht, bis Ellen ihren Höhenpunkt erreichte. Ellen spürte auf einmal seine Zunge an ihrer Möse nicht mehr.

»War es das schon?« fragte sie sich etwas enttäuscht.

Doch es gab überhaupt keinen Grund, um irgendwie enttäuscht zu sein. Denn auf einmal spürte sie etwas sehr Hartes, etwas Dickes in ihrer Vagina. Es war der erigierte Penis von Mr. Unbekannt. Doch so schnell er in ihr drin war, so schnell hatte er ihn auch wieder herausgezogen. Ellen wußte nicht, wie ihr geschah.

»Du bist mir ein bißchen zu offen nach dieser Tortur«, stellte er fest und meinte offensichtlich den Faustfick. Er löste ihre Fußfesseln, griff ihr in die Kniekehlen und drücke ihr Becken hoch. Dann ließ er mit einer Hand los und führte seine Schwanzspitze an ihren Anus. Ein kurzer Stoß – Ellen schrie auf, weil es wirklich ein wenig weh tat – und schon war seine Eichel in ihrem Darm verschwunden. Sofort ergriff er wieder ihr Bein, hielt es wie das andere nach oben gedrückt und stieß zu, als wäre es der letzte Fick in seinem Leben.

»Oh geil, du fickst mich in den Arsch. Das ist ja wirklich geil. Ich wollte schon immer wissen, ob du überhaupt ficken kannst«, witzelte sie.

Er stieß hart zu, solange ihr Glibber den engen Kanal glitschig hielt, aber als die Reibung zunahm, verließ er ihren Darm, tauchte kurz in ihre Fotze, um seinen Schwanz zu benetzen und fuhr fort, ihren Anus zu verwöhnen. Ellen bebte am ganzen Körper. Ihre großen Brüste tanzten bei jedem Stoß auf ihrem Brustkorb, wogten in alle Richtungen, schwabbelten und paßten sich seinem Rhythmus an.

»Ja, das ist einfach herrlich«, stöhnte Ellen, »du fickst gut, Mr. Unbekannt. Halt nur durch, ich komme bald.«

Doch daß Ellen noch einmal kommen wollte, war dem Unbekannten egal. Er zog, als würde er nach einer Regieanweisung vorgehen, seinen Riemen aus ihrem Darm, löste beide Fesseln, drehte sie auf die Knie und rammte ihr seinen Hammer noch einmal in der Hundestellung in ihren After.

»Sei nicht so stürmisch!« flehte sie. »Du reißt mich ja auseinander!«

Er schien sie nicht hören zu wollen, zog seine Nummer durch, und ohne daß Ellen gemerkt hätte, daß und wie er kam, zog er sich aus ihr zurück, verharrte draußen für einen Augenblick und stieß dann wieder in sie hinein. Dann hörte er endgültig auf, legte seinen Kopf unter ihre tropfende Möse und zog mit beiden Händen ihr Becken herunter, so daß ihre ganzes Geschlecht auf seinen Lippen ruhte. In dieser Position begann er, sie zu lecken.

»Ja, leck meine Möse so richtig durch«, stöhnte Ellen, die mittlerweile am ganzen Körper schwitzte. Sie genoß seine Zunge in ihrer Vagina und ließ sich jedesmal von dem wunderbaren Gefühl vereinnahmen, wenn seine Zungenspitze ihren Fotzeneingang durchstieß.

»Halt ja durch«, flehte sie. »Komm, mach schneller, ich komme gleich.«

Noch einmal wechselte der Zauberer die Position, kniete sich hinter Ellen und rammte ihr seinen Schwanz in die geweitete Möse. Ellen jauchzte auf. »Ja endlich«, stöhnte sie, als er jetzt nicht nur kräftig, sondern mit erhöhtem Rhythmus zustieß. Das ist das Finale, kam es Ellen, und sie ging synchron mit seinen Stößen, rammte ihm bei jedem Stoß ihr Becken entgegen und war dankbar für jede Sekunde, die er in ihr blieb. Schon lange hatten die Wogen ihres nächsten Orgasmus sie ergriffen, und jetzt kamen sie über sie. Sie glaubte, die Besinnung zu verlieren, ließ sich gehen, öffnete alle Schleusen und entspannte jeden Muskel.

»Ich komme, ich komme« schrie sie, »ich werde wahnsinnig.«

In diesem Moment überflutete sie das Bett des Unbekannten. Sie wußte nicht, ob sich ihre Blase geleert hatte oder ob ihr der Orgasmus den letzten Tropfen aus dem Leib gepreßt hatte. Ihr war im Augenblick alles egal. Völlig erschöpft ließ sie sich zur Seite fallen.

Noch während sie nach Luft ringend auf dem Bett lag, begann er, sie anzuziehen. Dann hob er sie hoch, reichte ihr BH, Bluse und Rock und geleitete sie zur Tür. Wortlos dirigierte er sie nach draußen, nahm ihr dabei die Binde ab, und als Ellens Augen sich an das Licht der entfernten Straßenlaternen gewöhnt hatten, war die Tür schon längst wieder ins Schloß gefallen.

Er hat ein Bett in diesem Haus, also muß er dort

wohnen, schloß sie in Gedanken. Oder auch nicht. Was besagt schon die Existenz eines Bettes? Nichts. Ein reines Ficknest hat auch ein Bett, vielleicht sogar zwei oder drei. Deshalb muß sich dort niemand ständig aufhalten. Was wird er das nächste Mal mit mir anstellen? Was hat dieser Typ noch auf Lager, und wann wird er endlich diese dämliche Maske abnehmen? Ellen wußte, daß sie auf diese Fragen keine Antwort bekommen würde. Er redet verdammt noch mal nicht darüber. Es gehört nicht zu seinen Spielregeln, meine Neugier zu stillen.

Ellen betrat total zerzaust ihre Wohnung und ließ sich auf das Sofa fallen. Ihre Brüste schmerzten ein wenig, ihr After brannte und ihre Fotze fühlte sich total geschwollen an. Der Ficker hat mich ganz schön hergenommen. Ellen Burns, machst du da nicht wirklich einen Fehler? fragte sie sich. Doch bevor sie weitersinnieren konnte, klingelte das Telefon

»Hallo, Mrs. Burns, macht es Ihnen etwas aus, wenn ich jetzt noch anrufe?« fragte die Stimme am anderen Ende der Leitung.

»Nein, Mr. Unbekannt. Obwohl ich schon im Bett liege, wie Sie sich vorstellen können«, log Ellen.

»Sie wissen ja, ich möchte mich nur bei Ihnen erkundigen, ob es Ihnen auch diesmal gefallen hat?« fragte er mit seiner verstellten Stimme.

»Natürlich weiß ich das. Aber weshalb wollen Sie wissen, ob es mir gefallen hat?«

»Darauf möchte ich keine Antwort geben. Außerdem ist diese Frage sowieso überflüssig. Also, Mrs. Burns, wie hat es Ihnen gefallen?«

Ellen gab nach. Sie wußte ja, daß der Unbekannte ein zäher Brocken war und nicht gleich klein beigab. So mußte sie nachgeben und ihm Rede und Antwort stehen.

»Nun, es hat mir auch diesmal gefallen«, gab sie zu. »Vor allen den Fick fand ich gut. Was noch dazu kommt, ist, daß ich seit sehr langer Zeit wieder einmal zwei richtig große Orgasmen bekommen habe. Ich muß schon sagen, Sie haben es mir ordentlich besorgt.«

»Also sind Sie zufrieden wie noch nie zuvor, wenn ich Sie richtig verstehe?«

»Was das Sexuelle betrifft ... ja. Apropos: Wie groß ist denn Ihr Ding? Wir haben zusammen Sex gehabt und ich durfte Ihren Remmel nicht einmal sehen geschweige denn anfassen.«

»Das müssen Sie auch nicht wissen«, meinte der Unbekannte. »Wichtig ist, daß es Ihnen gefallen hat.«

»Was ich aber feststellen konnte, war, daß Sie sich rasiert haben«, erwiderte Ellen.

»Ja und?«

»Na ja, es war einfach ein sehr schönes Gefühl. Als Sie ganz in meiner Möse steckten, konnte ich Ihre glatt rasierte Haut an meinen blanken Schamlippen spüren.«

Danach sagten beide nichts. Es vergingen ein paar Sekunden, bis Ellen den Faden wieder aufnahm. »Sagen Sie, was haben Sie empfunden, als Sie mich in den Arsch gefickt haben?«

»Muß ich darauf eine Antwort geben? Was wollen Sie hören?« erwiderte der Unbekannte.

»Ja. Es war für mich eine neue Erfahrung. Mich würde eben interessieren, was Sie dabei empfunden haben, meinen Po zu pudern.«

»Es war nicht mein erster Arschfick.«

»Das ist keine ergiebige Antwort. Aber Sie wollen ja auch nichts sagen. Was ich auch gerne gewußt hätte ist, weshalb Sie nicht selber gekommen sind? Hätten Sie nicht gerne abgespritzt?« Ellen versuchte, ihn mit dieser Frage in die Enge zu treiben.

»Nein, warum? Hätten Sie es gerne gehabt, wenn ich abgespritzt hätte?«

»Ja, es wäre schön gewesen, wenn Sie einfach auf meinen Bauch gespritzt hätten. Oder auf meine Brust oder in mein Gesicht. Ich mag Sperma, und ich rieche es gern.«

»Vielleicht beim nächsten Mal.«

»Was haben Sie beim nächsten Mal mit mir vor?«

»Mehr«, antwortete ihr der Unbekannte kurz und bündig.

»Sie sind ein phantastischer Lehrmeister. Es macht Spaß, von Ihnen angeleitet zu werden.«

»Ich weiß.«

»Können Sie mir vielleicht schon etwas von dem verraten, was mich beim nächsten Mal erwartet?«

»Ich werde Sie ausgiebig stimulieren. So wie ich es immer gemacht habe. Ich werde Sie auch wieder mit meinem Glied befriedigen. Ich werde aber auch noch etwas tun, was Ihre Phantasie übersteigt. Soviel sei verraten.«

Sofort verfiel Ellen ins Grübeln. Das mag ja was werden! sinnierte sie. Hoffentlich tut er nichts gegen meinen Willen. Ich möchte nicht als Wrack aus dieser Bruchbude herauskommen.

»Gut, dann werde ich nicht weiter bohren«, sagte sie.

»Wie fühlten Sie sich, als ich Sie an Ihren Hand- und Fußgelenken am Bettrahmen gefesselt habe?« fragte der Unbekannte.

»Normalerweise hätte ich diese Haltung wohl kaum ausgehalten – geschweige denn so lange Zeit. Wenn man aber als Frau beim Ficken so richtig aufgeheizt ist, wie ich es war, dann empfindet man nur noch Geilheit und nichts anderes mehr. Mr. Unbekannt, wollen wir nicht unser Gespräch beenden? Es ist schon spät, und ich muß morgen wieder arbeiten, wie Sie wissen. Woher wissen Sie das eigentlich?« stellte Ellen die Fangfrage. »Woher kennen Sie eigentlich mein Privatleben?«

»Ha, ha! Sie wissen doch, wie besonnen ich bin. Darauf falle ich nun wirklich nicht herein. Außerdem haben Sie nichts davon, wenn Sie meine Identität kennen. Ich sagte es Ihnen bereits. Aber ich stimme Ihnen zu: Es ist schon spät genug. Gute Nacht, Mrs. Burns.«

»Gute Nacht, Zauberer!«

»Zauberer?«

»Ja, Ihre zarten, zärtlichen Hände.«

»Ach, übrigens: Würde es Ihnen passen, wenn wir uns gleich morgen abend wieder bei mir sehen könnten?«

»Bis morgen.«

»Sehr gut.«

X

Obwohl sie noch immer einen ganz leichten Schmerz vor allem an ihrem Anus verspürte, begab sich Ellen mit einer Erwartung zum Haus des Unbekannten, die sich – so empfand sie jedenfalls – nicht mehr überbieten ließ. Äußerlich wirkte sie ziemlich gefaßt, nur ihre Hände zitterten ein wenig. Heute sollte sie von Mr. Unbekannt richtig gefickt werden, hoffte sie, denn das war schon längst überfällig. Sie fragte sich sowieso ständig, warum es dieser Typ so gut wegstecken konnte, stundenlang an ihr herumzulecken, ohne auch nur ein einziges Mal abzuspritzen. Hatte er zum späteren Ficken noch eine andere Frau im Nachbarzimmer liegen? Zog er es vor, lieber allein zu wichsen, oder war irgend etwas mit ihm nicht in Ordnung?

Bekam er vielleicht keinen Orgasmus? Ellen kannte solche Fälle zur Genüge aus ihrer langjährigen Praxis in der Gruppenstunde. An einen erinnerte sie sich ziemlich gut. Ein Ehepaar war eines Tages zu ihr gekommen, und die Frau, die sofort das Wort ergriff, beschwerte sich, daß ihr Mann sie nur in den Arsch ficken wolle. Es hatte sich dann herausgestellt, daß diese Vorliebe für den analen Verkehr einen ganz banalen Grund hatte. Die Fotze der Frau war nämlich so weit und so naß, daß ihr Mann beim Ficken dermaßen wenig spürte, daß ihm sein Pimmel während des

Rammelns regelmäßig zusammenfiel.

Ellen hatte der Frau geraten, ihre Vaginalmuskulatur zu trainieren, damit sie bewußt in das Geschehen eingreifen könne, aber das war ihr in ihrem Alter, sie war so knappe Fünfzig, zu mühsam. Sie einigten sich deshalb auf Analverkehr, aber nach einem halben Jahr wollte sie wieder einen Schwanz in ihrer Fotze spüren, und da fingen die Probleme von Neuem an.

Wenn es nach dem Mann gegangen wäre, hätten sie wenigstens einmal einen Dreier versucht – einen Sandwichfick, um genau zu sein. Aber das konnten sie nicht realisieren, weil sie den geeigneten Partner nicht fanden.

Könnte das nicht auch der Fall bei Mr. Unbekannt sein? Das würde sich mit dem Arschfick decken, den er ihr gestern erst verpaßt hatte. Da war er nur in ihre Möse eingefahren, um sich ein paar Tropfen Glibber abzuholen. Doch wenn sie an den gestrigen Abend dachte, hatte sie nicht den Eindruck, daß er keinen Orgasmus haben könnte. Er hatte ja Zeit, warum sollte er sich mit dem Fick beeilen? Dieser Typ nahm sich so viel Zeit für alles, da würde er ihr doch nicht seinen Schwanz überstürzt in ins quietschend nasses Loch schieben!

Ihre Überlegungen, das merkte sie gleich, führten zu keinem Ergebnis. Das Einzige, was sie bewirkten, war, daß Ellen immer feuchter wurde. Je mehr sie sich seiner Haustür näherte, desto stärker beunruhigte sie das Gefühl, ihren eigenen Saft die Oberschenkel herablaufen zu spüren. Was bist du nur für eine geile Fotze, Ellen Burns, schoß es ihr durch den Kopf, daß dich irgend so ein Typ von der Straße so geil machen kann?

Die Tür öffnete sich wie von selbst. »Schön, daß Sie gekommen sind, Mrs. Burns, guten Abend.«

»Guten Abend, Mr. …, wie soll ich Sie eigentlich nennen? Haben Sie überhaupt einen Namen oder einen Spitznamen, oder soll ich Sie Charly oder Billy nennen?«

»Nennen Sie mich so wie sonst auch. Ich bin Ihr Mr. Unbekannt, und das bleibe ich auch.«

»Ist ja schon gut. War nur ein Versuch.« Ellen winkte ab.

Der Unbekannte zog sie sanft in das Haus, schloß die Tür hinter sich und legte ihr das Tuch um die Augen. Dann nahm er sie bei der Hand und führte sie gemächlich in den Raum, den Ellen inzwischen schon so gut kannte, daß sie jeden Mauerstein erriechen konnte.

»Dasselbe Spiel wie gestern?« fragte sie, nur um einen Dialog in Gang zu bringen.

»Ähnlich, Mrs. Burns, es wird ähnlich. Ich mache nie zweimal hintereinander dasselbe. Das sollten Sie doch zwischenzeitlich gemerkt haben?«

»Ich wollte ja nur wissen, was mich heute erwartet«, gab sie zu.

»Ich werde heute etwas sehr Schönes mit Ihnen tun, Mrs. Burns, und Sie werden lange davon zehren. Aber bis es soweit ist, werden Sie verglühen vor Lust.«

Ellen antwortete darauf nicht. Sie fühlte, wie der

Unbekannte sie aus ihren Klamotten schälte, zuletzt den Slip herunterzog, sie aussteigen ließ und dann alle vier Fesseln anlegte. Dann begann er, wie auch schon an den Abenden zuvor, ihre Füße zu küssen, die Haut zwischen den Zehen zu lecken und seine weichen Lippen über ihre Fußsohle gleiten zu lassen. Er ließ seine Zunge über ihren Knöchel schweben, wanderte quälend langsam über ihre Wade nach oben und verharrte in ihrer Kniekehle. Doch in dieser Position konnte er die Rückseite ihres Knies nicht richtig bearbeiten, Deshalb löste er eine der beiden Fußfesseln, so daß Ellen ihre ganze Hüfte zur Seite drehen konnte. Dann strich er mit beiden Händen zärtlich über das gesamte Bein und drückte dabei seine Lippen in ihre Kniekehle. Sofort fing seine Zunge an, die etwas salzige Haut zu lecken. Er formte seine Zungenspitze zu einer Rolle, spannte den Muskel an und bohrte sich damit flatternd in ihre Haut, daß es Ellen nur so kitzelte.

Sex in der Kniekehle! Unvorstellbar! Ellen hatte schon oft den Gassenausdruck »Fick dich ins Knie« gehört und ihn nie auch nur annähernd ernst genommen, aber was jetzt hier passierte, war doch etwas Grundlegend anderes. Es war die Stimulation total, was sicherlich auch daran lag, daß ihr Mr. Unbekannt einen so raffinierten Umgang mit seiner Zunge beherrschte.

Ellen hatte schon befürchtet, daß er sich wieder so lange an Präliminarien aufhalten würde. Küßchen hier, einmal Lecken dort, dann abwechselnd Streicheln und noch ein Küßchen. Dabei brannte sie doch so darauf, endlich von ihm richtig durchgefickt zu werden. Jetzt aber, da er sich so in seinem Vorspiel erging, wollte sie nicht darauf verzichten. Im Gegenteil, wie noch nie zuvor genoß sie, wie die Lust in ihrem Körper anwuchs, mit ihr die Ungeduld, die Erwartung – einfach die Spannung. Längst spürte sie, wie es in ihrem Lusttunnel zu arbeiten begann. Tropfen sickerten durch ihre geschlossenen Labien, rhythmisch neigte und hob sich ihre Gebärmutter, und mit ihrem Puls schien das Blut in ihre großen Schamlippen gepreßt zu werden.

Ellen brauchte nur noch wenige Augenblicke, bis sich die erste kleine Erlösung ankündigte.

»Wirst du mich heute richtig ficken?« fragte sie voller Ungeduld, aber der Unbekannte gab ihr keine Antwort. Er war viel zu sehr damit beschäftigt, an den Innenseiten ihrer Schenkel das verführerische Spiel fortzusetzen, das er an den Füßen und in den Kniekehlen begonnen hatte. Schon näherte er sich mit seiner flatternden Zunge ihren Schamlippen, doch er berührte sie nicht. Er hauchte ihr seinen heißen Atem auf ihre Lustperle, daß Ellen augenblicklich aufschrie.

»Nimm meinen Kitzler in den Mund, saug ihn, beiß auf ihm herum, bitte, bitte, ich komme gleich.«

Diesmal erhörte der Unbekannte ihr Flehen. Er teilte mit seiner Zunge ihre Schamlippen, strich einige Male über den schleimigen Eingang ihrer Grotte und wanderte mit seiner Zunge nach oben zu ihrem Kitzler. Seine Zungenspitze raste um den geschwollenen Knopf, drückte ihn zurück in seine Hautfalten, befreite ihn sofort wieder aus seinem Versteck und umkreiste ihn abermals. Ellen hätte sich am liebsten gewunden vor Lust, doch sie wollte es nicht riskieren, ihre Fotze von seinen Lippen wegzureißen. Dann schon lieber leiden. Und das tat sie, denn der Unbekannte wurde plötzlich in seinen Bewegungen immer langsamer. Dabei wäre es Ellen recht gewesen, wenn er gerade in diesem Augenblick stürmischer geworden wäre und sie endlich ihren Orgasmus bekommen hätte.

Dieser Bastard weiß genau, wie er mich foltert, fluchte sie in sich hinein, und die Feststellung traf den Nagel genau auf den Kopf. Er bringt es immer wieder fertig, mich fast bis zur Ohnmacht zu lecken, fügte sie noch hinzu und ergab sich abermals seinen Liebkosungen. Ihr erster Orgasmus an diesem Abend näherte sich stürmisch wie ein Unwetter an einem Sommerabend. Immer wieder spürte Ellen, wie sich kleine Wogen bildeten, die sich zu wahren Krämpfen entwickelten und dann ihren Unterleib wie eine hauchfeine Dosis Strom durchfluteten. Als dann die große Erlösung kam, schrie Ellen kurz auf, brüllte ein »Jaaaaah, jaaaaah« heraus und schien dann die Besinnung zu verlieren. Sie war nicht mehr in der Lage, sich zu artikulieren. Ihre Kehle brachte nur ein »Gggrrrrrhh« hervor, das sich anhörte, als bekäme sie nicht genug Luft, und dann plötzlich hob sie ihren Kopf und atmete ganz tief und schwer.

»Wenn du mich nicht ... bald fickst, steige ... steige

ich aus!« drohte sie nach Luft ringend.

»Du bekommst schon, was du brauchst. Aber du mußt es mir überlassen«, beruhigte er sie.

Dieser Ton war neu, das erkannte Ellen sofort. Und blitzschnell versuchte sie, daraus Schlüsse zu ziehen. Taut er jetzt endlich auf? Geht er wenigstens auf meine Fragen ein? Tut sich jetzt endlich menschlich etwas? Gibt er wenigstens einen Teil seiner Kühle auf?

Doch der Unbekannte fand schnell zurück zu seiner bestimmenden Art. »Du wirst die große Erlösung bekommen, wenn ich es für richtig halte. Und vergiß nie: Du darfst bitten, aber niemals fordern.«

Was ist das hier? fragte sich Ellen. Ein Dominastudio mit vertauschten Rollen? Die Vorstufe zum SM? Würde sie irgendwann noch ans Andreaskreuz gefesselt? Was praktizierte dieser Unbekannte da eigentlich für einen Stil? In Gedanken ging Ellen die gesamte Skala der sexuellen Spielarten durch. Als Hobbytherapeutin war ihr ja so ziemlich alles bekannt, theoretisch zumindest und aus der Literatur, soweit sie entsprechende Fälle noch nicht in ihrem Kreis gehabt hatte. Die neueren Strömungen, na ja, die kannte sie so vom Hörensagen. Und ein paar wenige waren ihr dermaßen zuwider, daß sie sich nicht damit beschäftigen wollte. Wenigstens solange nicht, bis sie dazu durch einen Teilnehmer gezwungen wäre. Was also praktizierte der feine Herr da?

Ellen konnte die Sache nicht richtig einordnen, und ehrlich gesagt, war auch noch nicht genug passiert, um ein klares Bild von Mr. Unbekannt zu bekommen. Fest stand, nach den bisherigen Erfahrungen zu urteilen, jedoch eines: Mr. Unbekannt war nicht extrem, und er lehnte Gewalt ab. Das ergab sich nicht nur aus seinen Zärtlichkeiten, die zu einem klassischen SM-Typen überhaupt nicht paßten. Seine menschliche Annäherung, die Freude am Vorspiel und die Rücksicht, mit der er ihr all die Orgasmen hatte erleben lassen, deuteten nicht im geringsten auf die Vorliebe für Gewaltanwendung hin.

Wenn Ellen Mr. Unbekannt hätte sehen können, wäre es ihr vielleicht gelungen, aufgrund seiner Erscheinung Indizien zu sammeln, die auf eine Klassifizierung hätten hindeuten können, aber so? Blind wie ein Maulwurf war sie und nur darauf angewiesen, was ihre Haut aus den Küssen und dem Zungenspiel hatte lesen können.

Als Ellen sich einigermaßen erholt hatte, stellte sie fest, daß ihre beiden Fußfesseln gelöst waren und sich der Unbekannte an den Handfesseln zu schaffen machte. Kein Zweifel: Er band Ellen los. Sekunden später torkelte sie ein wenig, dann erfaßte er einen ihrer Arme, stützte sie und führte sie an das Bett. Sie setzte sich auf die Kante und ließ sich von ihm in eine bequeme Lage bringen.

»Nicht daß Sie denken, ich würde Sie auf mein Bett legen, damit Sie es bequemer hätten! Beileibe nicht, Mrs. Burns, ich brauche Sie in einer anderen Position als an der Wand, um Sie schöner quälen zu können.«

»Sadist«, belferte Ellen. Sie ging in diesem Augenblick davon aus, daß er maßlos übertrieb und sich gewissermaßen einen Scherz erlaubte.

»Nein, Ellen!« begann er, ihr zu widersprechen, und dabei nannte er sie zum ersten Mal beim Vornamen. Was hatte das zu bedeuten? Kam jetzt der zwischenmenschliche Teil? »Ich könnte Sie niemals quälen.« Dann schwieg er eine unendlich lange halbe Minute, bis er fortfuhr: »Es sei denn, ich quäle Sie auf meine Art.«

»Sie machen mich neugierig, Charly«, entgegnee sie und wollte ihn durch die Benutzung irgend eines Vornamens aus der Reserve locken.

»Verhöhnen Sie mich nicht, Mrs. Burns, sonst breche ich ab.«

»Entschuldigung, Mr. Unbekannt!«

Ellen war bemüht, ihren Zauberer nicht zu verärgern. Sie spürte, daß er sie ans Bett geführt hatte, weil er etwas praktizieren wollte, was an der Wand nicht möglich war. Da er ihr die Angst vor Gewalt genommen hatte, war sie gespannt wie ein Flitzebogen, auch wenn sie doch einige Bedenken hatte. Der Schmerz, so rief sie sich ins Gedächtnis, ist bei solchen Spielen nie weit von der Lust entfernt.

Mit wenigen Handgriffen hatte der Unbekannte Ellen die Handfesseln angelegt und sie an den oberen Bettpfosten fixiert. Die Fußfesseln legte er nicht an. Dann legte er sich zu ihr, strich mit den Fingerspitzen über ihre Brüste und neigte seinen Kopf. Seine Zunge stupste einen der kleinen braunen Türme an, die sich mitten aus dem braunen Warzenhof erhoben. Unmittelbar darauf umschlossen zwei Lippen den braunen

Nippel und hielten ihn fest. Sie bewegten sich hin und her, verbogen dabei das braune Türmchen, ließen es wieder aufstehen, und dann saugte sein Mund gierig die halbe Brust ein.

Ellen kreischte vor Lust, schob ihr Becken nach vorn, ließ es vor Geilheit kreisen, schnaubte, gurgelte und jammerte. Aber noch bevor die Wogen nachließen, wanderte sein Mund zur Seite und verweilte an einer ihrer Achselhöhlen. Seine Zunge bohrte sich in das weiche Fleisch ihrer Achseln und leckte den zarten Schweiß auf, der sich mit ihrem Deo vermischt hatte. Warum nur, so fragte sie sich, hatte sie heute ein Deo genommen? Sie wußte doch, mit welcher Lust er ihre Achselhöhlen leckte.

Der Unbekannte hielt sich nicht lange an ihren Achselhöhlen auf. Während sein Mund wieder eine ihrer Brustwarzen leckte, wanderte seine Hand nach unten, strich ganz zart über ihre Leisten, daß Ellen zusammenzuckte und blieb auf ihren Schamhügel liegen. Der Unbekannte drückte ganz leicht darauf, vermied es aber, dabei ihren Kitzler zu berühren. Sie versuchte, ihr Becken so zu bewegen, daß seine Hand ihre Schamlippen berühren mußte, aber er wich ihr immer wieder aus. Er quält mich wirklich, dieser Bastard, schoß es Ellen durch den Kopf. Ist das die Quälerei, die er persönlich für sich in Anspruch nahm? Offensichtlich.

Doch der Unbekannte hatte etwas ganz anderes gemeint. Es sollte bald folgen. Er stand nämlich auf, so konnte Ellen mitverfolgen, hantierte mit irgend etwas und begab sich wieder auf das Bett, allerdings nur ans Fußende. Ellen rutschte rein gedanklich ein »Endlich« heraus.

Endlich würde er ihre Beine spreizen. Endlich würde er ihr seinen Schwanz reinschieben, endlich würde er sie ficken, wie sie es sich von Anfang an gewünscht hatte.

Doch der Unbekannte dachte gar nicht daran, sie auf so normale, ja langweilige Art zu nehmen. Da hatte er doch ganz andere Spielchen auf Lager: Er zog sich für einen Moment zurück, und dann spürte Ellen plötzlich die Wärme seiner Hand auf ihren Schamlippen. Im gleichen Moment empfand sie etwas Kaltes, und bevor sie protestieren konnte, spürte sie, wie die kalte Masse ihre ganze Fotze überdeckte..

»Was tust du, Zauberer, es ist so kalt«, beschwerte sich Ellen.

»Gleich wirst du es nicht mehr spüren. Es ist ein Gel. Ich werde es auf deiner Möse verreiben.«

»Hey, warum das denn? Hat mein Loch nicht genug Glibber? Wie rutschig willst du meine Fotze noch haben?« fragte sie, denn sie konnte sich keinen Reim darauf machen, was er mit dieser Rutschpartie zwischen ihren Beinen bezwecken wollte. Eigentlich wollte sie ja nur wissen, was er vorhatte, doch sie traute sich nicht, ihn zu fragen. Er würde ihr sowieso keine Antwort geben.

Ellen hatte noch nicht zu Ende gedacht, da begann der Unbekannte, das Gel ein weiteres Mal großräumig um ihre Schamlippen herum zu verteilen. Dann kramte er irgend etwas hervor. Sie wunderte sich, warum er nach dem Verteilen des Gels nicht mehr weitermachte.

»Darf man fragen, was jetzt passiert?« Ein wenig Ungeduld klang in ihrer Stimme.

Der Unbekannte antwortete nicht auf ihre Frage. Statt dessen preßte er etwas Rundes mit einer gepolsterten Kante unter leichtem Druck auf ihre Fotze. Es überdeckte ihre gesamten Schamlippen und reichte oben bis auf den Schamhügel und unten bis zum Damm. Dann hielt er es in seiner Position und tat etwas, was sich wie das Pressen eines Gummiballes anhörte.

»Sagen Sie mir, was Sie empfinden.« Der Unbekannte wollte wissen, welches Gefühl der Sauger an ihren Schamlippen verursachte.

»Es ist ein angenehmes, weiches Gefühl. Es kribbelt sogar ein kleines bißchen, nur das Gel ist ziemlich kalt.«

Der Unbekannte pumpte weitere drei Mal. Das Etwas preßte sich in Ellens Fleisch, und gleichzeitig schwollen ihre Schamlippen zu einer Größe an wie noch nie zuvor in ihrem Leben.

»Und jetzt, ist es jetzt angenehmer?«

Ellen begann, nach Luft zu ringen. »Jaaaaa, es ist wunderbar. Ich glaube, ich komme gleich. Es ist ein herrliches Prickeln. Was ist das, was Sie da mit mir tun?«

Sie hatte nicht die geringste Chance, allein durch das vermittelte Gefühl herauszubekommen, was da unten zwischen ihren Schenkeln vor sich ging. Sie fühlte nur, wie sich etwas Geheimnisvolles ihrer Schamlippen und vor allem ihres Kitzlers bemächtigte. Das Gefühl war undefinierbar. Drückend, pressend, saugend, greifend, kreisend, stehend, rotierend? Es war ein Mix aus Gefühlen, die wunderbarer waren als alles, was sie bisher an ihren Schamlippen verspürt hatte.

»Es ist meine besondere Art, Ihnen schöne Gefühle zu machen«, konstatierte der Unbekannte und preßte den pumpenden Knauf zwei weitere Male. Ellens Schamlippen wurden durch das Vakuum in das aufgesetzte Kunststoffgehäuse gesogen. Sie fühlten sich inzwischen vier- oder fünfmal so dick an wie im Normalzustand, und auch der kleine Knopf ganz oben hatte an Größe zugelegt, war jetzt wohl so groß und dick wie eine Sauerkirsche.

»Wie fühlen Sie sich jetzt, Ellen?«

Ellen konnte nicht antworten. Sie hatte gerade einen Orgasmus, der ihr zu schaffen machte. Ihr Unterleib arbeitete, als würde er mit einer Geburt kämpfen, und unaufhörlich strömte Flüssigkeit in das Behältnis. Ellen schrie, wimmerte, jaulte. Dann brach sie in Tränen aus, und während ihre Augen unter dem Tuch in Tränen versanken, gab sie undefinierbare Laute von sich: ein gehauchtes »Uuuaaahhhh«, ein gurgelndes »Gggrrrhhhh« und ein flehendes »Aufhören, aufhören, bitte nicht aufhören«.

Ellen war von ihren eigenen Orgasmen fast ohnmächtig. In ihrem Kopf drehte sich alles, sie konnte kaum noch einen klaren Gedanken fassen. Dieses Etwas, das sich auf ihrem Geschlecht festgesaugt hatte wie eine Pumpe zum Absaugen der Muttermilch, war zwei oder drei Zentimeter hoch gefüllt mit ihrem Abgang, und aus dieser Lache ihres Saftes ragten die geschwollenen Schamlippen wie zwei Bergkrater hervor. Ihre Größe entsprach dreimal der des Originals und war blaßrot gefärbt.

Der Unbekannte ließ das freie Ende mit dem kleinen Saugschlauch auf das Bettlaken sinken, ohne jedoch das Vakuum zurückzufahren. Dann legte er seinen Kopf auf ihren Bauch, ließ seine Zunge in ihrer Nabelgrube kreisen und verweilte auf ihren Brüsten. Er saugte eine ihrer Zitzen ein und massierte mit seinen Händen die fleischigen Kugeln. Als Ellen erneut zu stöhnen und zu winseln anfing, brachte er seinen Kopf nach oben, küßte zuerst ihren Hals, dann ihr Ohrläppchen, die Wangen und schließlich ihre Mundwinkel.

Ellen wehrte sich nicht, obwohl ihr ganz mulmig in ihrer Haut wurde. Sich lecken lassen, ficken, masturbieren, jeder für sich oder gegenseitig, sogar vollpissen – das waren Dinge, die man bei einer ausreichend großen Geilheit oder (Neu-)Gier bequem und mit Genuß über sich ergehen lassen konnte. Aber um wieviel intimer war doch ein Kuß?! Die unmittelbare Nähe beider Gesichter, das Bereitsein, alle Sinne dieser Welt freizulegen und dem Partner anzubieten: die Berührung der Augen, der Ohren, der Lippen, der Zunge. Das Eindringen und der Aufenthalt eines an sich fremden Stück Fleisches just an dem Ort, wo alle diese Sinne zusammenliefen, das war doch etwas ganz anderes.

Man tut sich leicht mit einem Kuß, wenn man weiß, woran man ist. Man entscheidet aufgrund eines bestimmten Grades an Zuneigung, ob man ihn zuläßt oder nicht. Aber wenn diese Entscheidung dadurch blockiert wird, daß einer oder zwei der elementaren Sinne ausgeschaltet werden, wird die ganze Sache zur Mutprobe. Der Geküßte, der mit verbundenen Augen diesen intimen Schritt zulassen muß, kennt die ganze Bandbreite der Unwägbarkeiten. Jeder Mensch kennt dieses Gefühl. Wer wollte schon mit Quasimodo, dem Glöckner von Notre Dame, einen Zungenkuß austauschen?

Natürlich war Mr. Unbekannt kein so Unbekannter für Ellen, aber so wie man auch nach zwanzig Jahren den geschätzten Radiosprecher nicht kennt, kann man sich bei verbundenen Augen seinen Partner auch nur vage vorstellen. Der Faktor Unsicherheit bleibt in jedem Fall bestehen.

Das Phänomen ist nicht neu. Wie selektiv sind zum Beispiel Huren! Sie vögeln täglich, und kaum ein Mann hat je eine geküßt. Und das seit Tausenden von Jahren. Am Kopf sind doch viele Dinge intimer als zwischen den Beinen!

Ellen hatte in dieser Situation ein wenig Angst, denn stillzuhalten, wenn sie gegen ihren Willen geküßt würde, das kam einer richtigen Vergewaltigung gleich. Das war die Gewalt, vor der sie einen Heidenrespekt hatte. Der Unbekannte mußte ihre Gedanken gelesen haben und schien ihre Ängste und Vorbehalte zu kennen, als wäre er selbst eine Frau und befände sich in einer solchen Situation. Er hauchte einen zarten Kuß auf einen ihrer Mundwinkel. Er war so zart, daß sie seinen heißen Atem spürte, und anschließend stupste er mit seiner Zungenspitze ihre Lippen an, tauchte sie in den Mundwinkel wie zuvor in die Nabelgrube und ließ sie ein paarmal langsam und gefühlvoll kreisen.

Es war offensichtlich, daß er abwarten wollte, wie Ellen reagierte. Und sie tat, was nicht anders zu erwarten war. Sie drehte ihren Kopf zur Seite und entzog sich ihm. Sie überlegte, wie sie ihm beibringen könnte, ganz langsam und ganz vorsichtig mehr zu wagen und aufzuhören, wenn es ihr nicht gefiele.

Langsam drehte sie wieder ihren Kopf. »Tu das noch einmal«, hauchte sie, und der Zauberer senkte abermals seinen Kopf und berührte mit seiner Zungenspitze ihre Lippen. Ellen genoß es, und sie wagte es, ihre Zunge von der seinen berühren zu lassen. Sie hielt still dabei, bot ihm nur die äußerste Spitze, doch als der Unbekannte sie so zärtlich und gefühlvoll umfächelte wie ihre Schamlippen und dabei jede Aufdringlichkeit vermissen ließ, drehte sie ihren Kopf immer mehr zu ihm hin. Ihre Zungenspitzen begannen, miteinander zu fechten, sich zu verschlingern, und dabei berührten sich ihre Lippen. Zuerst nur gelegentlich, dann immer öfter, und als der Bann gebrochen war, drückte er seinen Mund auf den ihren, den sie schließlich öffnete, und dann fand der Kampf ihrer beiden Zungen in ihrer Mundhöhle statt.

Ellen mußte Luft holen, löste den Kuß und atmete schwer.

»Das war der schönste Kuß meines Lebens, du Schuft«, japste sie und verfiel gleichzeitig in ein tiefes Stöhnen. »Ich komme noch einmal, ich koooommme, jeeeetzt!«

Der Unbekannte rutschte nach unten und verstärkte noch einmal das Vakuum, so daß Ellen aufschrie: »Nicht mehr, nicht mehr, bitte, ich halte das nicht mehr aus.«

»Ich möchte, daß du meinen Schwanz in den Mund nimmst«, fragte er ganz höflich an. Ihm war wohl sonnenklar, daß auch in diesem Punkt Machogehabe, das bei einer Frau nicht ankommt, alles andere bewirken würde, als sie gefügig zu machen beziehungsweise ihr etwas aktiv abzuverlangen. Nichts ist schlimmer als eine blasende Frau, die keine Lust dazu hat.

Ellen beantwortete seine Bitte damit, daß sie ihren Kopf in seine Richtung drehte und ihre Lippen einen Spalt öffnete. Der Zauberer zögerte nicht und führte seinen halbsteifen Riemen an ihre Lippen. Ellen öffnete wie automatisch ihre Lippen, betastete mit der Zungenspitze seine Eichel, und öffnete ihren Mund noch weiter, damit er tiefer in sie hineinfahren konnte.

Ellen saugte sich seinen Prügel in ihre Mundhöhle, bis die Eichel an ihren Gaumen stieß. Jetzt war es der Unbekannte, der aufstöhnte.

»Ja, wunderbar, du machst es mir wunderbar.

Spürst du, wie du ihn hart machst?«

Natürlich spürte Ellen, wie er ihren Mund zu sprengen drohte. Ihre Zunge hatte kaum noch Platz, seine Eichel zu umkreisen, und zunehmend mußte sie schlucken, weil ihr sein Kolben die Luft wegnahm. Sie drehte sich – letzter Ausweg – zur Seite, so daß sein Riemen aus ihrem Mund ploppte.

»Entschuldige, aber er ist zu groß!« Ellen war sichtlich in Verlegenheit. Wie gern hätte sie ihm den Gefallen getan, ihn bis zum Orgasmus zu blasen, aber dieses Monstrum war einfach zu groß für ihren Mund.

»Du hast ihn schön steif gemacht, Ellen, das reicht mir.«

Das reicht? Wofür? Was hatte er noch vor? Sie rechnete mit allem, nur nicht mit dem, was jetzt kommen würde. Der Unbekannte ließ nämlich lautlos wieder Luft in das Behältnis strömen, und augenblicklich löste sich die ganze Apparatur von ihrem Geschlecht. Was sie nun fühlte, war eine Fotze mit total geschwollenen Schamlippen. Das Ganze war blutdurchströmt und hatte wahrscheinlich die Größe eines Tennisballs. Ja, die Schamlippen waren so geschwollen, daß sie sich vom Körper abhoben und wie eine Halbkugel wegstanden.

Als er die Lippen zu teilen begann und sie nach beiden Seiten auseinanderdrückte, schrie Ellen auf. Das wunderbare Gefühl hatte nicht nachgelassen. Es war nur ein wenig anders. Der Unbekannte brachte sich zwischen ihren Beinen in Position, griff ihr in die Kniekehlen wie am Abend zuvor, und Ellen hob automatisch ihre Beine. Er bugsierte seine geschwollene Eichel zwischen ihre ebenso geschwollenen Schamlippen, rieb einmal rauf und runter und stieß zu.

Ellen schrie auf, der Unbekannte stöhnte gurrend, und dann ergaben sich beide den Gefühlen, ihre Geschlechtsteile endlich zueinander gebracht zu haben. Er stieß und stieß wie ein Ausgehungerter, und sie drohte geistig wegzutreten, denn was sie jetzt erlebte, brachte sie an den Rand ihrer Leidensfähigkeit. Sie ergab sich einem nicht enden wollenden Orgasmus, die Verkrampfung ihrer Vagina wurde zum Dauerzustand, und sie konnte nicht mehr unterscheiden zwischen Schmerz und Lust.

Der Unbekannte stieß in diesem Furioso, als wäre es ein Abschiedsfick. Er stöhnte, winselte, schnaufte und schwitzte. Seine Stöße wurden immer schneller, sein Atem rasender, dann unterbrach er.

»Ich kann nicht mehr. Tut mir leid, ich kann nicht mehr.«

»Bist du schon gekommen? Ich habe gar nichts gemerkt«, sagte Ellen, die plötzlich wieder ganz nüchtern war.

»Ja doch!« antwortete der Unbekannte fast ohne Stimme. »Natürlich bin ich gekommen. Und wie! Aber ich habe nicht in dich hineingespritzt, und auch dein Gesicht und deinen Körper habe ich verschont«, betonte er.

»Schade! Hättest du ruhig tun können. Ich mag das, das weißt du ja.«

Der Unbekannte nahm ihre Worte zur Kenntnis. Er

setzte sich auf, streichelte noch ein wenig ihre nasse, geschwollene Fotze, sagte aber komischerweise kein einziges Wort mehr. Nach wenigen Minuten trocknete er Ellens Unterleib ab, zog ihr ihren Slip an, dann löste er ihre Handfesseln und reichte ihr ihre übrigen Kleidungsstücke.

»Du ziehst mich heute nicht an? Warum?« wollte Ellen wissen.

»Dafür lasse ich die Fesseln ab!«

»Auch gut.« Ellen zog sich an, und als sie den letzten Knopf ihrer Bluse geschlossen hatte, stand auch schon Mr. Unbekannt ganz dicht hinter ihr. Ihre Körper berührten sich ganz schwach, und als er sie ganz sanft zur Tür dirigierte, legte er eine Hand auf ihre Hüfte. Er griff nach vorn, öffnete die Tür, schob Ellen ganz dezent nach draußen und entfernte mit einem Griff ihre Augenbinde. Noch ehe sie sich versah, fiel hinter ihr die Tür ins Schloß. Ellen blieb ein paar Augenblicke wie angewurzelt stehen. Sie war benommen wie nach einem mitreißenden Theaterstück. Dann begab sie sich zu ihrem Wagen. Mit zittrigen Beinen und einer immer noch geschwollenen Fotze fuhr sie nach Hause.

Diesmal wollte sie gleich schlafen. Doch erst ging sie ins Bad, stellte sich vor den Spiegel und zog sich den Slip von den Beinen. Zwischen ihren Schenkeln lugten ihre Schamlippen hervor: geschwollen, gerötet und dreimal so groß wie im Normalzustand. Das wird er mir erklären müssen, grübelte sie. Was hat er bloß gemacht?

Sie nahm ihr Telefon mit ans Bett, und sie lag noch gar nicht richtig, da läutete es.

»Es hat Ihnen gefallen, Mrs. Burns, ich weiß es. Deshalb frage ich nur, ob wir diesen Abend wiederholen wollen.«

»Sie kennen die Antwort schon längst. Aber sagen Sie, was haben Sie mit meiner Muschi gemacht? Wenn die so bleibt, bringe ich Sie um.«

»Keine Angst! Glauben Sie, ich könnte Ihnen so etwas antun? Trauen Sie mir wirklich so etwas zu?«

»Ehrlich gesagt: nein. Aber so ein bißchen angst und bange ist mir schon. Sie müßten sich das mal bei Licht angucken.«

»Ich habe einen Vakuumsauger benutzt und nur die Zellen im Bereich Ihrer Schamlippen etwas geweitet. Dadurch sind sie angeschwollen, und sie haben so das Doppelt- und Dreifache empfunden. Die Nerven werden übersensibilisiert, dadurch erlebt man schneller größere und länger andauernde Orgasmen. Die Kostprobe hat Ihnen trotzdem geschmeckt, sonst würden Sie nicht so positiv reagieren.«

»Stimmt«, gestand Ellen. »Es war ein umwerfender Abend. Darf ich Ihnen mal eine ganz intime Frage stellen?«

»Ja, bitte.«

»Ist Ihr Schwanz immer so groß? Ich habe ihn kaum in meinen Mund bekommen.«

»Nicht immer. Ich habe ihn genauso behandelt, wie ich Ihr Fötzchen behandelt habe.«

»Sie haben ... aber warum?«

»Weil ich ihn groß und geschwollen haben wollte, damit ich genauso viel empfinde wie Sie.«

»Ich glaube, ich bin nicht ganz im Bilde. Zu meiner Jugendzeit gab es gerade einmal einen Vibrator, und die ganz Fortschrittlichen unter den Männern trugen einen Penisring. Da ist einfach keiner herumgelaufen mit einer ... wie sagten Sie? ... Vakuumpumpe.«

»Wollten Sie sie missen?«

»Um Gottes willen, Mister! Wie alt sind Sie eigentlich? An Ihrem Schwanz konnte ich das schlecht erkennen.«

»Niemand ist für einen anderen zu jung oder zu alt. Tun Sie sich einen Gefallen damit, es zu wissen? Unser Incognito-Spiel funktioniert doch wunderbar. Bitte, Ellen, verändern Sie nichts.«

»Gute Nacht, Charly.«

»Es nützt uns nichts, wenn ich Ihnen gestehe, daß ich Will, Bernie oder Al heiße. Mehr erfahren Sie sowieso nicht. Es würde unser Spiel zerstören.«

»Sie haben recht. Gute Nacht, Mr. Unbekannt. Morgen um zehn?«

»Morgen um zehn!«

XI

So cool Rick Burns auch sonst war, heute hatte ihn eine Nervosität befallen wie selten in seinem Leben. Immer wieder starrte er auf das Fach in seiner Bücherwand neben der Hausbar, wo das Familienfoto stand. Es zeigte Ellen links, ihre Tochter, von beiden gehalten, in der Mitte und ihn rechts. Und jedesmal, wenn er in ihr lächelndes Gesicht sah, spürte er, wie eine unbändige Macht sich seiner Sinne bemächtigte und dafür sorgte, daß er keinen klaren Gedanken mehr fassen konnte.

Bereits um kurz vor neun Uhr hatte er sich unter die Dusche gestellt, die Zähne geputzt, sich hier und da eingepudert und gestriegelt. Heute wollte er auf den Latexanzug verzichten, wollte, daß Ellen ein wenig von seiner Haut fühlen konnte, wollte einfach genießen, wenn sein Fleisch das ihre berührte. Er hatte sich vorgenommen, diesen Abend noch schöner für sie zu machen; ja, er sollte unvergeßlich werden. Dieser Abend sollte, das war seine feste Absicht, ihr Leben verändern. Sie sollte heute beginnen, endlich das Glück zu erfahren, das er ihr jahrelang vorenthalten hatte.

Begonnen hatte der Sinneswandel bei Rick Burns just in dem Moment, als er vor Wochen den Freund, der ihm damals von ihren Seitensprüngen berichtete, wiedertraf. Er hatte ihm davon berichtet, wie sehr sich Ellen in all den Jahren der Trennung von ihm und der gemeinsamen Tochter in den Dienst der Kirche gestellt hatte. Und plötzlich war das Interesse an ihr wieder geweckt. Rick war all die Jahre davon ausgegangen, daß sie von ihrer hurenhaften Tätigkeit niemals wegkommen würde und hatte sie – trotz aller Liebe, die er mit seinem starken Willen unterdrückte – quasi aufgegeben.

Der jahrelange Groll über ihre Entgleisungen war jetzt aber wie von Geisterhand ins Unterbewußte verbannt, und es brannte in ihm zu erfahren, was sie sonst noch seit ihrem Auseinandergehen aus ihrem Leben gemacht hatte. Eines Tages hielt es ihn nicht mehr, und er machte sich auf, sie wenigstens einmal zu sehen.

Rick war vorsichtig genug, keinen Termin mit ihr auszumachen, ja, sie nicht einmal anzurufen. Er wollte erst einmal alles so belassen, wie es war, und sie nur einmal sehen; man konnte ja danach noch entscheiden, ob und wie man sich näherkam. Doch als er sie auf dem Parkplatz von Old Nick aus dem Auto steigen sah und auf den ersten Blick wieder die Traumfrau in ihr erkannte, um die er sich seinerzeit so gerissen hatte, überkam es ihn. Da ersann er sich die Nummer mit Mr. Unbekannt.

Als ihr Wagen vor der alten Backsteinfassade hielt, stellte er sich an die spaltbreit geöffnete Tür, und noch bevor sie die Hand zum Klingeln ausstrecken konnte, machte er auf und begrüßte sie.

»Schön, Sie zu sehen, Mrs. Burns. Treten Sie ein.«

Kaum stand sie im Flur, legte er ihr das Tuch um die Augen. Dann nahm er sie an der Hand und führte sie an die Wand. Was dann folgte, war eine minutiöse Wiederholung dessen, was am Vorabend abgelaufen war. Nichts, aber auch nicht die geringste Kleinigkeit hatte Rick sie missen lassen. Als es schon auf Mitternacht zuging, lag Ellen immer noch auf der Seite in seinem Bett. Sie erwachte gerade aus einem Halbschlaf.

»Du hast mich duseln lassen, Charly. Nett von dir. Ich bin hundskaputt. Aber hattest du mir nicht noch mehr versprochen für heute?« fragte sie.

»Laß den Charly weg! Ich habe dir mehr versprochen, das ist richtig, aber was ich dir geben will, ist nicht körperlicher Art.«

»Mach es nicht so spannend!«

»Es ist spannend: Würdest du mir bitte die Maske abnehmen? Du darfst zuvor deine Augenbinde runternehmen.«

Ellen erstarrte zur Salzsäule. Selbst wenn sie gewollt hätte, sie hätte ihre Arme keinen Zentimeter heben können.

»Heißt das, daß das Spiel aus ist?«

»Dieses Spiel ja. Wenn wir uns kennen, können wir ein anderes spielen.«

»Ein ebenso schönes?«

»Vielleicht. Mit Sicherheit ein anderes. Überleg es dir gut.«

Eine ganze Minute verging, ohne daß sich einer der beiden bewegt hätte. Es war totenstill in dem Raum, und nicht einmal ihr Atmen war zu hören. Dann richtete sich Ellen auf und verließ vorsichtig tastend das Bett. Sie blieb davor stehen, legte ihren Kopf in den Nacken, so daß man erkennen konnte, wie selbstsicher und resolut sie war, und sagte mit belegter Stimme: »Mr. Unbekannt, würden Sie mich jetzt bitte anziehen und hinausführen?«

Rick verstand die Welt nicht mehr. Tagelang hatte sie ihn bedrängt, wenigstens ein Stück seiner Identität preiszugeben, und jetzt das. Er führte sie hinaus, schob sie ganz dezent durch die Tür und verabschiedete sich.

»Werden Sie mich anrufen, Charly?« fragte sie beim Weggehen.

»Natürlich!« erwiderte Rick durch den Türschlitz. »Das Spiel geht doch weiter!«

ENDE

Alle lieferbaren Titel auf einen Blick

Stand 11/2005

Bd. 37 Nachbarsfrauen
Bd. 42 Die Hochzeit meines Sohnes
Bd. 47 Der Zaungast
Bd. 48 Mittsommernacht
Bd. 51 Der Pornostar
Bd. 52 Muttersöhnchen
Bd. 53 Ghost Lover
Bd. 54 Loretta
Bd. 55 Adelaide
Bd. 56 Voll geil!
Bd. 57 Doris
Bd. 58 Die Insel der Freuden
Bd. 59 Italienische Beichte
Bd. 60 Seitensprünge
Bd. 61 Der Hahn im Korb
Bd. 62 Die Bande
Bd. 63 Familienfreuden
Bd. 64 Tracy
Bd. 65 Der Puppenspieler
Bd. 66 Herzbube sticht!
Bd. 67 Cécile
Bd. 68 Mütter und ihre Söhne
Bd. 69 Damals in Nashville
Bd. 70 Swinging Carlotta
Bd. 71 Saphirena
Bd. 72 Süßer Stachel Eifersucht
Bd. 73 Das letzte Tabu
Bd. 74 Die junge Sünderin
Bd. 75 Rockerbräute
Bd. 76 Hinter verschlossenen Türen
Bd. 77 Olivia
Bd. 78 Warte nur, bis Elfi kommt
Bd. 79 Der Diener einer Mutter
Bd. 80 Leihväter
Bd. 81 Rochade
Bd. 82 Echt krass!
Bd. 83 Mom und meine Freunde
Bd. 84 Schwarze Augen
Bd. 85 Geliebte Schwester
Bd. 86 Falsch verbunden!
Bd. 87 Leib aus meinem Leibe
Bd. 88 Schöne Bescherung!
Bd. 89 Angeklagt
Bd. 90 Die ehrbaren Ladies von Bristol Bay
Bd. 91 Grüne Witwen
Bd. 92 Nachtblind